POESIAS DA PACOTILHA

POESIAS DA PACOTILHA

(1851-1854)

Introdução, organização e fixação de texto
MAMEDE MUSTAFA JAROUCHE

Martins Fontes
São Paulo 2001

1ª edição
julho de 2001

Introdução, organização e fixação de texto
MAMEDE MUSTAFA JAROUCHE

Seleção e tradução do latim
Ilunga Kabengelê
Preparação do original
Ivete Batista dos Santos
Revisão gráfica
Ana Luiza França
Maria Luiza Fravet
Produção gráfica
Geraldo Alves
Paginação/Fotolitos
Studio 3 Desenvolvimento Editorial

Dados Internacionais de Catalogação na Publicação (CIP)
(Câmara Brasileira do Livro, SP, Brasil)

Poesias da pacotilha : (1851-1854) / introdução, organização e fixação de texto Mamede Mustafa Jorouche. – São Paulo : Martins Fontes, 2001. – (Coleção poetas do Brasil)

ISBN 85-336-1452-7

1. Poesia brasileira – Século 19 – História e crítica 2. Poesia satírica brasileira – Século 19 I. Jarouche, Mamede Mustafa. II. Série.

01-3145 CDD-869.913

Índices para catálogo sistemático:
1. Poesia : Século 19 : Literatura brasileira 869.913
2. Século 19 : Poesia : Literatura brasileira 869.913

Rua Conselheiro Ramalho, 330/340 01325-000 São Paulo SP Brasil
Tel. (11) 3241.3677 Fax (11) 3105.6867
e-mail: info@martinsfontes.com.br http://www.martinsfontes.com.br

Coleção "POETAS DO BRASIL"

Vol. XI – Poesias da Pacotilha

Esta coleção tem como finalidade repor ao alcance do leitor as obras dos autores mais representativos da história da poesia brasileira. Tendo como base as edições mais reconhecidas, este trabalho conta com a colaboração de especialistas e pesquisadores no campo da literatura brasileira, a cujo encargo ficam os estudos introdutórios e o acompanhamento das edições, bem como as sugestões de caráter documental e iconográfico.

Mamede Mustafa Jarouche é doutor em Literatura Brasileira pela Universidade de São Paulo, onde leciona Língua e Literatura Árabe. Atualmente está traduzindo *O livro das mil e uma noites* a partir do original árabe.

Ilunga Kabengelê é mestrando em Letras Clássicas na Universidade de São Paulo.

Coordenador da coleção: Haquira Osakabe, doutor em Letras pela Unicamp, é professor de Literatura Portuguesa no Departamento de Teoria Literária daquela mesma Universidade.

TÍTULOS PUBLICADOS:

Cruz e Sousa – *Missal/Broquéis.*
Edição preparada por Ivan Teixeira.

Augusto dos Anjos – *Eu e Outras Poesias.*
Edição preparada por A. Arnoni Prado.

Álvares de Azevedo – *Lira dos Vinte Anos.*
Edição preparada por Maria Lúcia dal Farra.

Olavo Bilac – *Poesias.*
Edição preparada por Ivan Teixeira.

José de Anchieta – *Poemas.*
Edição preparada por Eduardo de A. Navarro.

Luiz Gama – *Primeiras Trovas Burlescas.*
Edição preparada por Ligia F. Ferreira.

Gonçalves Dias – *Poesia Indianista.*
Edição preparada por Márcia Lígia Guidin.

Castro Alves – *Espumas Flutuantes & Os Escravos.*
Edição preparada por Luiz Dantas e Pablo Simpson.

Santa Rita Durão – *Caramuru.*
Edição preparada por Ronald Polito.

Gonçalves Dias – *Cantos.*
Edição preparada por Cilaine Alves Cunha.

Poesias da Pacotilha.
Edição preparada por Mamede Mustafa Jarouche e Ilunga Kabengelê.

ÍNDICE

Introdução ... XI
Bibliografia ... XXXIX
Cronologia ... XLI
Nota sobre a presente edição ... XLIII

Soneto [Eu vi, e pasmo quando nisso penso] ... 3
Embora pense quem pensar não sabe ... 4
Enigma [Ninguém tem podido ainda] ... 5
Raiou, qual sempre, risonho ... 6
Enigma [Tem dado muito que fazer,] ... 7
Do caboclo o bem-estar ... 9
É fama que em certo dia ... 10
Chiquinho, andas de luto! ... 11
Enigma [Não quer ser filho das Ilhas] ... 12
Eram cem juntas de bois ... 15
Oh! Que corja de marrecos ... 16
É já noite... ... 17
É triste ver e saber-se ... 21
O viajante que viu e não viu ... 22
Diálogo ... 28
Primeira novidade na cidade do Rio Grande ... 32

Segunda novidade na cidade de Porto Alegre 34
Senhor Antônio, sentido! 36
As mesmas letras 39
Ao soldado batistério 41
In nomine Patris et Filii 44
Na minha janela tenho 48
Vou-lhe coisinhas contar 50
Diálogo entre o hospital e o sino do Bom-Jesus 56
Soneto [Jorram-me as lágrimas, corre-m'o catarro] 61
Soneto [Exposto em Londres, como coisa rara,] 63
Carijó e Companhia 64
Caminhos de ferro 71
Mistura de grelos [Meu Carijó, eu não tenho] 75
Mistura de grelos [O tão bom acolhimento]. 78
O empregado fiscal 83
Os Souzas são grande cousa! 85
Eleições 88
Enigma, ou cousa que o valha 90
Se eu não sair eleitor darei um golpe d'estado 94
Soneto [Ignorante não há mais atrevido,].. 96
Ao Exm. Conservador 97
Teoria saquarema 99
O Padre-nosso dos liberais 101
O lobo não mata lobo 105
Soneto [José Joaquim da Ponte, herói amado,] 107

Capivary [Não lamentes, ó Brito, o teu estado] 108
Perguntas interessantes 109
A eleição municipal 112
Capivari [Cessou enfim o murmúrio] 114
Estâncias à lua 116
Soneto [Eu duvido que a nossa fidalguia] .. 118
O convite 119
Um requerimento requerendo 120
Graxa mélica 122
O critério melado 124
O país dos Zabrilenses 125
Diálogo entre um D. do governo e seu escravo José 128
Canção conciliatória 133
Modinha engraçada 138
O frade da esquina ao seu amigo Carijó .. 140
Mudou-se de freguesia 143
Novo meio de defesa 145
Diálogo entre dois poetas... 147
X.P.T.O 149
Teoria tavernal 151
Cabala eleitoral 155
Uma casa mal assombrada 159
Um batismo da roça 161
Vou-me embora, vou-me embora 164
A reclamação reclamastes 165
Juramento 166
Um conforto 168
Lamento 170
Vita Estudantis (Vida de estudante) 173

Documentação e iconografia 179

INTRODUÇÃO

A poesia satírica dos liberais brasileiros

Contemporâneas do que se costuma classificar como "segunda geração romântica", as poesias recolhidas nesta coletânea pertencem ao início da segunda metade do século XIX; mais precisamente, ao período que vai de 1851 a 1854. O verbo "pertencer", no caso, é bastante adequado: foram estampadas pela primeira e única vez nas páginas da *Pacotilha*, órgão satírico ligado ao Partido Liberal; tal "circunstancialidade", decerto, fê-las dormitar por quase século e meio em bibliotecas públicas, impedindo que fossem apropriadas – e fruídas – fora de sua estrita contemporaneidade. Esse gélido esquecimento, porém, não é justo (sobretudo quando se pensa na grande quantidade de textos românticos que hoje circulam sob as mais diversas justificativas), pois se trata do melhor e mais agudo humor do tempo. Fazê-las falar novamente ao leitor de hoje implica, no mínimo, trazer à tona um imaginário que ocupou o centro da vida intelectual da Corte brasileira em meados do século XIX. Outro fato que deveria contribuir para chamar a atenção sobre elas é o de terem sido "vizinhas" das *Memórias de um Sargento de Milícias*, publicadas na mesma *Pacotilha* entre junho de 1852 e julho de 1853. Como Manuel Antônio de Almeida trabalhou no jornal entre 1852 e 1856, é possível que muitos textos da *Pacotilha*, poesias inclusive, sejam de sua lavra.

O estatuto da *Pacotilha* na história da imprensa brasileira não foi ainda muito bem definido: em geral, costuma-se dizer que se tratava de uma espécie de "suplemento dominical" do diário liberal carioca *Correio Mercantil* – algo nos moldes do antigo *Folhetim*, da *Folha de S. Paulo*, ou do *Suplemento Cultural* do *Estado de S. Paulo*. A observação mais atenta dos arquivos, entretanto, demonstra que tal caracterização é equivocada: aos domingos, o *Correio Mercantil* como que se transformava na *Pacotilha*; nesse sentido, parece mais correto falar, como fez Marques Rebelo, em "metamorfose dominical" – cuja história está fortemente vinculada à tradição satírica fundada pela imprensa local.

Assim batizado em 1º de janeiro de 1848, o *Correio Mercantil* chamara-se originalmente *O Mercantil*, fundado em 16 de setembro de 1844: era um dos órgãos de imprensa do grupo político liberal, que se organizara como partido no final da década de 1830. Na prática, fora o grupo liberal que promovera, em julho de 1840, o chamado "golpe da maioridade", mediante o qual Pedro II, então com menos de 15 anos, pôde assumir o trono do Brasil, embora a Constituição estabelecesse, para tanto, idade mínima de 18 anos. Quando d. Pedro II foi coroado, os liberais imaginaram que iriam gozar de sua gratidão eterna, mas não foi bem isso que ocorreu: em março de 1841, o jovem imperador chamou os conservadores para formar o gabinete ministerial; era o "regressismo". Indignados com o que lhes pareceu uma enorme ingratidão do imperador-menino, os liberais de São Paulo e Minas ensaiaram, em 1842, uma rebelião que, apesar de rapidamente sufocada, não deixou de produzir bons frutos: depois de marchas e contramarchas que botam alucinados os historiadores, os liberais venceram as eleições de 1844, conquistando o direito de formar um novo gabinete ministerial. Resumo da ópera: os liberais ("luzias") permaneceram no poder até setembro de 1848. Basta, portanto, comparar as datas para notar que tanto *O Mercantil* como seu sucessor *Correio Mercantil* são exatamente dessa época: eram os porta-vozes ideológicos dos liberais ou de alguma de suas facções. Ressalte-se que o apoio jornalístico não era, em absoluto, gracioso: como contrapartida, desfrutava-se dos mais variados privilégios, sendo que o mais rendoso era o de publicar, diariamente, os atos oficiais do governo. Isso significava dinheiro garantido em caixa, fator importantíssimo num momento em que as vendas de jornal, num país bem pouco alfabetizado, não eram nada estimulantes.

A imprensa política congregou, desde a abdicação de Pedro I, em 1831, até pelo menos a década de setenta do século XIX, o melhor da inteligência brasileira. Nesse sentido, seria oportuno citar as seguintes informações de Antonio Candido no segundo volume da *Formação da Literatura Brasileira*:

> Se passarmos ao setor político, verificaremos nos escritores dessa fase outros traços, nos quais também reponta certa dualidade de tendências. Formados nos últimos anos do Primeiro Reinado ou no período regencial, impregnaram-se quase todos dessa densa atmosfera, então vigente, de paixão partidária e ideológica. Já vimos que a sua própria obra se situa nela como peça de um processo de construção patriótica. [§] De modo geral, são liberais, na medida em que o liberalismo representava então a forma mais pura e exigente do nacionalismo – a herança do espírito autonomista, o antilusitanismo, o constitucionalismo, o amor do progresso, o abolicionismo, a aversão ao governo absoluto.

Sobretudo durante as três regências (a trina, a de Diogo Antônio Feijó e a de Araújo Lima), entre 1831 e 1840, os principais instrumentos da luta partidária pelo poder foram os panfletos e jornais. Muitos de seus textos, não raro de caráter contundente e radical, constituem magníficos exemplos de sátira. Sirvam de amostra os títulos de alguns deles: *O Ferrabrás da Ilha das Cobras*; *O Macaco – ou – O palhaço da oposição*; *O enfermeiro dos doidos*; *O médico dos malu-*

cos; *A pepineira*; *O capadócio*; *O çapateiro* [*sic*] *político*; *O grito dos oprimidos*; *O burro magro jogando de garupa nas plagas russianas*; *O Brasil aflito*; *O diabo coxo*; *O doutor tirateimas, Alveitar de bestas, e Médico de imprudentes, com Exercício na casa das palhas*; *O caolho* etc. etc. O projeto pode ser resumido pelo verso do poeta latino Horácio, tomado como epígrafe por um desses jornais, *A Formiga*: "Nada impede, ou prejudica, que se diga a verdade, gracejando." Note-se, apenas, que "gracejando" é um eufemismo para "insultando". Leia-se, a título de exemplo, a seguinte sátira do pasquim *Sete d'Abril*, de 1833, que faz mamar na mesma teta uma plêiade de figurões da época:

MOTE

Na teta do desengano
Muita gente está mamando
Mamam gigantes Andradas,
Caramurus vão chuchando.

GLOSA

A mesa dos enjeitados,
Agora ficou mamada.
Pobre gente malfadada,
Todos oito rejeitados
Quem serão os deputados?
Nem o Chico mexicano,
Nem Martim, nem seu mano,
Nem Gustavo, nem Japi,

Deixam de chuchar aqui
Na teta do desengano.

Ah! vergonha dos gigantes!
Oh! malditos moderados!
Andradas assim deixados,
Quais pirrônicos gigantes
Ou cansados Rocinantes?
Pobre Rio miserando,
Eu já vou augurando
Bernardas, rusgas, patadas,
Porque junto com os Andradas
Muita gente está mamando.

Quais rafados tubarões
Caíram todos na peta.
Agora mamam na teta
Dos matracas e dos girões.
Por isso tais papelões
Merecem mil pateadas,
Uma grosa de lambadas
Com xarope de babosa,
Pois com gente bem tinhosa
Mamam gigantes Andradas.

Pedroso mamou na teta,
O Getúlio na babosa,
Mas é cousa pouco airosa
Os Menezes têm gorjeta
Lá no fundo da gaveta.
Gama, o dedo vai chupando
Vai Almeida resignando,
Menezes perdeu o tino,
Castro Alves tocou o sino
Caramurus vão chuchando.

XVI

Como quer que seja, foi por volta dessa época que a sátira política (de forma por assim dizer "institucionalizada") deitou âncoras em meio ao debate sobre os destinos do País, chegando mesmo a tomar parte ativa nesse debate. A oposição satirizava os grupos que estavam no poder, e esses, por sua vez, defendiam-se satirizando a oposição. Tal tendência se manteve, ainda que arrefecida, durante o reinado de Pedro II. A *Pacotilha*, como se ressaltou acima, insere-se nessa tradição da imprensa satírica, não só na forma como também na gênese, rastreável a partir das relações do *Correio Mercantil* com o poder.

Em setembro de 1848, como se viu, os liberais foram apeados do poder: Pedro II, lançando mão de suas prerrogativas constitucionais, demitiu o gabinete liberal e resolveu que o novo gabinete ministerial seria formado pelos conservadores (ou "saquaremas"); na realidade, já não havia "clima", diga-se assim, para a continuidade da administração luzia, e o imperador, muito atento à "voz rouca das ruas", percebera-o muito bem. Como conseqüência quase imediata, estourou em Pernambuco, cujas facções andavam há tempos em enorme tensão, a Revolução Praieira, uma das mais sangrentas do Segundo Reinado. Tanto na Corte como nas províncias o bate-boca pela imprensa foi retomado com a truculência característica da fase regencial. Nunca se viu tanto pasquim político como no biênio 1848-49: luzias e saquaremas se satirizaram por meses a fio. O processo foi deflagrado por um violento panfleto liberal denominado *O Libelo do Povo*, de Timandro, pseudônimo do muito influente escritor e político luzia Francisco de Sales Torres Homem. Esse panfleto, crítica contundente aos métodos do imperador e à Casa de Bragança, foi como que a "deixa" para o surgimento de centenas de pasquins, um mais virulento do que o outro: *A Contrariedade pelo Povo*; *O Pato Macho*; *O Caboclo*; *O Sino da Lampadosa*; *Timandro Júnior ou Modelo dos Velhacos*; *O Sino dos Barbadinhos*; *O Catucá*; *A Filha do Timandro ou A Brasileira Patriota*; *O Fuzil*; *O Picapau* etc. etc. Leia-se o breve resumo que o historiador Wanderley Pinho apresenta desses xingamentos:

> Um jornal, no Rio, estampava que um ministro levava sua esposa para o leito imperial; outro, em Pernambuco, anunciava em leilão as filhas [...] de um presidente de província, indicando no anúncio as qualidades que tinham e para que deveriam servir; a [...] Chichorro da Gama chamariam ladrão e a outro presidente de província acusariam de incestuoso com a própria filha.

A fuzilaria não poupava ninguém. O conservador Luís Alves de Lima e Silva, então barão de Caxias, era assim descrito pelo liberal *O Noticiador* em 16 de setembro de 1849, no "Quadro dos Lobães Saquaremas" de Horácio Cocles, pseudônimo de Manuel de Araújo Porto Alegre:

Sua Exª, que em toda parte passa por um general gamenho, mas sem estudos, sem prática, sem saber e sem gosto, nunca fez mais do que assistir a tantos *Te Deum*, tantos, que por força seu nome é idéia associada a *Te Deum*. Dizia um carrieiro que V. Exª não tinha bravura! ah!, não faça caso, é dito de um carrieiro que o viu desmaiar em Minas. [...] V. Exª tem por certo a fisionomia a mais anti-científica que é possível.

Já o empedernido saquarema Honório Hermeto Carneiro Leão, futuro Marquês de Paraná, merecia do mesmo autor e jornal a seguinte chicotada:

O Sr. Honório tem a fisionomia repulsiva de um Farricoco e tem, como este, pústulas, sarampão, petéquias e bexigas. Acrescentai que ele é lampinho ou tem barbas de castrado, e aí tendes o nosso homem, que é um pigmeu. [...] Se nos voltarmos para a história, a filosofia, a literatura enfim, afirmo, sem medo de errar, que S. Exª vai para a posição que ocupava a letra *thâu* no alfabeto hebraico.

O Marimbondo, pasquim luzia redigido por José Maria da Silva Paranhos, futuro visconde do Rio Branco, fazia em 25 de fevereiro de 1849 a seguinte declaração de guerra aos saquaremas:

Enganai-vos, miseráveis; não vos tememos, conhecemos bem a vossa cobardia: sabemos que somente sois fortes com o apoio dos galegos e quando dispondes dos canhões e baionetas fratricidas... Eia, fazei uso delas, inundai de sangue estas ruas; nós vos emprazamos para o dia da vingança nacional.

Os pasquins ministeriais ou saquaremas não faziam por menos. Leia-se este trecho de *O Gaúcho na Corte*, de 31 de março de 1849:

> Corja infernal de assassinos vis e covardes! Quem vos deu o direito de maldizerdes a imprensa governista quando fostes vós que provocastes uma justíssima represália com o vosso *Grito Anarquial*, *Farricouco*, *Sino dos Barbadinhos*, *Marimbondo* e outros imundos papeluchos que só servem para...?

O panfletário Timandro, que ninguém ignorava ser Torres Homem, não escapou, naturalmente, às verrinas mais apimentadas – que operavam a desqualificação da *persona* mediante tópicas raciais e morais. Ao retornar da França, Torres Homem, filho de padre e de escrava alforriada cujo apelido era "Você me mata", trouxera junto consigo uma corista chamada Elisa Richards. Como ela possuía algum cabedal, isso foi o bastante para que o apodassem de "Mr. Richards". Eis um soneto em consoantes forçados publicado contra ele no jornal *O Caboclo* em março de 1849:

O CRIOULO MALANDRO

Esse grave doutor da mula ruça
Que nos lombos levou tremenda coça,

E de Paris nos trouxe aquela moça
Sobre a qual muita gente se debruça;

Esse inchado pavão, que se empapuça
Por ter casado rico, lá na roça,
É doutor mesmo próprio de carroça,
Servindo-lhe a c'rapinha de c'rapuça.

Da anarquia feroz o facho atiça
Tratando a monarquia de chalaça
Sem lembrar-se do pai, Padre de Missa!

O tratante quer ver se o povo embaça,
E p'ra satisfazer a vil cobiça
Deseja que governe algum cachaça!"

Enfim, a quantidade de periódicos era tanta que parece ter transformado a atividade de pasquineiro numa profissão. Emblemático a esse respeito é o diálogo produzido, nesse mesmo ano de 1849, pelo escritor Joaquim Manuel de Macedo no romance *Rosa*:

> – Sim, respondeu Faustino, fiz-me publicista.
> [...] – Tu, Faustino, intrometido na política?
> – Então que mal há nisso?... é um negócio como muitos outros.
> [...] – Então és monarquista constitucional, absolutista ou republicano?
> [...] – Conforme os dias da semana, Juca.
> [...] – Explica-me isto.
> – Nada mais simples: nas segundas e quintas-feiras publico um jornal furioso no qual fulmino a monarquia, e atiro pelos ares com todos os monarquistas; nas terças e sextas um outro, em

que proclamo a necessidade da corda, e a santidade do sistema de governo da Rússia; e finalmente nas quartas e sábados sustento a monarquia constitucional. [...]
– Mas então o que queres?
– Dinheiro.

Como simples curiosidade, registre-se que *O Libelo do Povo* é contemporâneo do *Manifesto Comunista*, de Marx e Engels. Mas o único ponto em comum entre esses textos é o de terem causado grande agitação: Torres Homem, médico formado pela Faculdade de Medicina do Rio de Janeiro, decerto nunca tinha ouvido falar em Marx e Engels. Eles, por sua vez, não teriam gostado – nem dele, nem de seus textos, e muito menos de suas posições políticas; Marx não titubearia em chamar de "esgotos empapelados" os jornais surgidos na esteira de *O Libelo do Povo*. Anos depois, Torres Homem – homem de convicções conservadoras, como aliás a maior parte dos letrados brasileiros – se arrependeria profundamente daquela incontinência toda, pedindo que esquecessem o que havia escrito e garantindo que aquela fora "uma quadra anormal em que a alucinação estava em toda a parte e a intemperança da palavra coincidia com o desregramento da força". Não que seus escritos fossem revolucionários ou contivessem alguma proposta reformista fora do comum; nada disso: ele se arrependia, isso sim, de haver xingado os membros da família de Bragança de crápulas, imorais, etc.; a um desses reis ele chegou a acusar de ter promovido orgias dentro da própria igreja. Torres Homem não tardaria em aderir ao Partido Conservador, sendo agraciado, em 1872, com o título de visconde – de "Inhomirim". Seus adversários quiseram ver aí uma ironia: "dois diminutivos juntos, um português, outro tupi", disparou sarcasticamente o político Joaquim Serra.

Para o *Correio Mercantil*, que tomou parte ativa nos debates e ofensas daquela "quadra anormal", a mudança do gabinete ministerial era um desastre que implicava, entre outras coisas, a perda dos atos oficiais do governo. Mas o jornal teve uma sobrevida: malgrado o gabinete conservador tenha sido empossado em 29 de setembro de 1848, o *Correio Mercantil* pôde, talvez por força de algum (pré-)contrato, continuar estampando os atos oficiais até o final de 1850, precedendo-os, não obstante, da seguinte ressalva melancólica: "o *Correio Mercantil* publica os atos oficiais mas não é ministerial". O espaço destinado aos atos oficiais, como era de esperar, foi minguando e, com ele, as receitas, já que o jornal recebia por centímetro de coluna publicado.

Em 1851, finalmente, os atos oficiais do governo deixaram de ser publicados no *Correio Mercantil*, sendo então transferidos para o *Jornal do Comércio*, também do Rio de Janeiro. A direção do *Correio* deve ter engolido com fel aquela mudança – especialmente seu proprietário, o jornalista e político Joaquim Francisco Alves Branco Muniz Barreto. Com esse nome tão sonoro, o baiano Joaquim Francisco, veterano de campanhas memoráveis, estava no palco político desde a Independência; conta-se que ele teria até mesmo levado um tiro de d. Pedro I, durante uma das refregas que culminaram com a abdicação do primeiro imperador, em 1831. De outro lado, seria igualmente irritante saber que os atos oficiais tinham sido entregues justamente ao conservador e insosso *Jornal do Comércio*, arqui-rival que o *Correio*, desde então, passou a rotular depreciativamente de "folha ministerial".

Assim despojado da publicação dos atos oficiais, o *Correio Mercantil* começou a ruminar uma vingança, que acabou vindo a lume em 9-10 de fevereiro de 1851: era a *Pacotilha*. Seu "redator-em-chefe", "O Carijó", fazia a seguinte declaração inaugural:

> Arranjar a pacotilha periodicamente, remetê-la por este jornal para a Corte e as províncias, a fim de publicar o que possa ser publicado, além do que já tenha sido, acompanhando o que dissermos das precisas observações e análises, tal é a principal base do meu programa. Sabem todos que uma pacotilha compreende mercadorias de diferente gênero e natureza, e assim fica entendido que variados assuntos terão de cair debaixo dos bicos de pena do escritor que ora submisso pede vênia de se arrojar às alturas, se bem já por outros devassadas.

Publicada inicialmente aos domingos/segundas-feiras (o jornal não circulava às segundas, saindo no domingo com a data de ambos os dias), a *Pacotilha* se abria com uma crônica (a "Fatura"), em tom geralmente leve e bem-humorado. A mais divertida de suas seções era o "Escritório", na qual o Carijó recebia denúncias de procedimentos condenáveis ou de situações inaceitáveis. Pode-se, obviamente, duvidar de sua "veracidade", mas o fato é que, nessas denúncias, é especialmente notável a função satírica: os procedimentos ali produzidos como vituperáveis são resultado de tópicas do gênero demonstrativo, simultaneamente propostas, decerto por sua verossimilhança, como ocorrências empíricas. Conforme a terminologia do jornal, as denúncias eram "enfardamentos", e as advertências profiláticas, "remessas". Assim, esquematicamente, a *Pacotilha* exercia função distributiva: o Carijó recebia os enfardamentos dos leitores ou dos funcionários Antônio e Gregório e os remetia a quem de direito. Efetuava-se aí, portanto, uma troca simbólica, metáfora da atividade mercantil: as denúncias, enfardamentos, remetiam-se aos leitores, que o texto refere como "fregueses". Os advertidos eram "enfardados". Eis alguns modelos de remessa, aleatoriamente extraídos da *Pacotilha* nº 85, de 19 de setembro de 1852:

> "Sr. Gregório, diga ao gordo da porta larga, na Prainha, que quando se entra para um baile deve já saber-se dois dedos de civilidade, nem meter-se em negócio de luzias e saquaremas. Se acaso ele se zangar, diga-lhe que é melhor vender cachaça ao balcão; e bico calado."

"Peça ao Sr. administrador das obras públicas que tenha dó e compaixão dos habitantes da rua do Senhor dos Passos, pois passada a do Núncio, de meia distância para cima, a sair do campo da Honra, há água estagnada que pela demora se tem tornado verde e com lixo por não poder concorrer para nenhum dos lados, não tardará muito que crie alguns *passarinhos* chamados sapos."

"Mande dizer a certas madames da rua da Ajuda que não continuem a pôr águas sujas na rua depois das 9 horas da noite, porque causa isso incômodo aos vizinhos e a quem passa."

"Se este homem que mora na rua dos Ourives é já casado, por certo não largará os seus sapatos para ir a certa rua comprar violas. Ele que com certeza é casado bem me entenderá, e a viola se for por ele tocada ficará desafinada. Convém recuar, e não continuar."

"Diga ao freguês que foi insultado por capoeiras na rua dos Cajueiros que isso é praga velha, contra a qual estamos todos os dias a clamar sem achar quem nos escute os clamores."

"Ao freguês que manda fazer agradecimentos a certos votantes do curato de Santa Cruz diga que há de ser satisfeito em tempo."

"Ao dono de certo sobrado da rua dos Pescadores rogue pelo amor de Deus que cesse de deitar à rua baldes com água suja depois das dez horas, acontecendo que os moradores do lado fronteiro é quem chucham [*sic*] toda a água odorífera. Se o abuso continuar recomende ao Sr. fiscal de Santa Rita toda a vigilância."

"Diga àquele sujeito da Cidade Nova que não continue a trepar nos muros, escandalizando a vizinhança."

"Dê os parabéns ao A. R. dos S. R. pelos quatro almoços que chuchou no domingo passado."

"Observe à pessoa competente que é digno de lástima ver-se o estado em que se acha o cais de embarque de S. Cristóvão, que nas marés vazantes não deixa chegar os botes, ao menos na ponta extinta dos botes de carreira da Prainha, bem como aconteceu no dia 15 do corrente que muitas famílias quiseram embarcar, e por não ser decoroso irem às costas de pretos aos botes, deixaram de embarcar, pois aumentando-se a ponte existente com mais 8 braças, só assim favoreceria o embarque e desembarque de passageiros, e muito principalmente agora com os festejos da igrejinha que muitas famílias hão de desejar concorrer para aí, e muito difícil lhes há de ser."

Muitas vezes, a dificuldade de compreensão desses textos decorre do entrecruzamento de referenciais fortemente datados. Leia-se, por exemplo, esse enfardamento:

> Advirta ao cobra velha da ucharia que não seja imprudente espalhando que é da terra que nos viu nascer, quando todo o mundo sabe que o seu umbigo só poderia ter aqui chegado dentro de algum paio ou chouriço da Aldeia Galega.

As cinco tópicas aí explícitas são as seguintes: 1º) a ucharia, órgão público de provisões, era desqualificada como algo semelhante ao que hoje se chama de "cabide de empregos"; 2º) Portugal era jocosa e criticamente referido como "a terra que não nos viu nascer", em oposição, obviamente, ao Brasil, "terra que nos viu nascer";

3º) dizia-se que muitos portugueses fingiam ser brasileiros natos, chegando mesmo a falsificar documentos, a fim de obter maiores privilégios; 4º) corria então o boato de que os chouriços e paios importados de Portugal pelo Brasil conteriam carniça e carne humana; o fato provocou um incidente diplomático que se imortalizou como a "guerra dos chouriços". Aldeia Galega era a localidade portuguesa em que tais embutidos se produziam; 5º) os portugueses eram acusados de açambarcar os empregos públicos. Corre por baixo do enunciado uma tópica política: os portugueses eram igualmente acusados pelos liberais de tramar com os conservadores a ruína do Brasil e seu retorno à condição de colônia.

No mesmo caso dos enfardamentos está grande parte da produção poética estampada na *Pacotilha*. Trata-se, como o leitor terá oportunidade de constatar, de *poesias de circunstância*, nas quais o referencial satirizado é quase sempre formado por objetos facilmente decodificáveis pelos receptores imediatos. Eram poesias cuja sátira se produzia em conformidade com a tradição: escritos que visavam destruir – ao menos discursivamente – seus objetos, consistindo, como diz Northrop Frye, numa espécie de "ironia militante", que opera em chave de negação absoluta. Nelas, o pseudônimo e o anonimato são programáticos, elidindo a necessidade da busca dos "autores verdadeiros": o importante é que "O Farricoco", "O Poeta Gamboense", "O Poeta Vassourense" ou "O Bardinho", entre outros, podem ser considerados desdobramentos retóricos da voz narrativa da *Pacotilha*, representada pelo Carijó; seu programa pode ser resumido pelo que se registrou no nº 53, de 10 de fevereiro de 1852, a propósito de *Fábia*, tragédia herói-cômica do poeta português F. Palha. O entusiasmo decorre da analogia de procedimentos:

> Não é essa uma composição dramática que possa ser comparada a qualquer composição regular, é sim a criação fantástica e caprichosa da musa sarcástica e galhofeira de um poeta satírico. Uma série de cenas burlescas, de versos extravagantes, de idéias singulares, excita constantemente o riso do espectador durante a representação dessa paródia. Querer encontrar aí a sublimidade da tragédia ou a intriga da alta comédia é buscar o que não existe nem pode existir. Qual foi o intento do autor? Parodiar a tragédia: nisto está dito tudo. Abundam na *Fábia* os trocadilhos e epigramas.

Da mesma forma que a peça de F. Palha, as poesias satíricas da *Pacotilha* também se propunham como "criação fantástica e caprichosa da musa sarcástica e galhofeira": paródias da lírica chorosa do Romantismo sentimentalóide (e a paródia, técnica de auto-referencialidade, depende do contexto e das "circunstâncias que rodeiam qualquer elocução", como notou Linda Hutcheon), igualmente abundavam em trocadilhos e epigramas. Semelhante característica, no entanto, se por um lado obviamente facilitava a leitura dos contemporâneos, por outro dificulta a dos pósteros, que muita vez só conseguem compreendê-las por alto. Seja o caso, por exemplo, das sátiras dirigidas contra "Mello Moraes": o receptor de hoje, lendo-as por assim dizer "a contrapelo", limita-se a perceber, em linhas gerais, que está diante de um referencial negativamente constituído como objeto digno de escárnio e vitupério. Perdeu-se, porém, a especificidade desse referencial: o médico e polígrafo alagoano Alexandre José de Mello Moraes (1816-1882) – autor de uma inacreditável quantidade de livros sobre assuntos tão "próximos" como história nacional e internacional, política, economia, história e teoria literária, medicina, botânica, pedagogia e religião – era homeopata praticante e defensor dos méritos da civilização portuguesa; por conseguinte, era também defensor dos métodos adotados pelos portugueses na colonização do Brasil. Isso era suficiente para que a imprensa liberal, neste caso representada pela *Pacotilha*, o transformasse em objeto recorrente de suas sátiras. Para exemplificar, leiam-se os seguintes versos, publicados em 1853:

Moraes! vale ou não vale a tua história
Tão bonita do mel e açucarada?
Cairão os patinhos?... ou mamada
Ficará desta vez tamanha glória?!

Gaiato! como cantas tão bem, como te assanhas
Para a bolsa pilhar dos dinheirosos!
Como douras teus glóbulos pomposos,
E p'ra eles tão meigo te arreganhas!

Portugal foi na terra já luzeiro;
Não há dúvida. Mas tu que amas o bolo,
Darás a quem te der o bom dinheiro
Um diploma formal de grande tolo.

Cagliostro não és, és um papalvo
Em pensar que eles comem tais araras:
Já que tens formigueiro, e que não paras,
Vira o rumo, que é tarde, e muda de alvo.

Explora o negro mina, olha, tem gimbo;
Pinta-o vendendo só perus no mundo,
Pinta-o branco ao cair no escuro limbo,
Onde fez-se o pombeiro mais profundo!

À república aplica a homeopatia,
Que talvez pilhar possas de passagem;
Não a apliques jamais à monarquia,
Porque o Mure perdeu na ciganagem.

Para um homem de gênio, um bom Laverno,
Que na praça se ostenta com desplante,
Mil recursos encontra a cada instante
Para o céu explorar, terra e inferno.

O diabo já deu boas patacas
À gente santa; fez enormes casas;
E o céu, inda hoje Roma, às almas fracas
Por dinheiro se abre! Não te abrasas?

Não te animas? Avante, unhas à obra,
Inda há muito a explorar neste Brasil!
Põe na boca, mui sério, um bom funil,
Que o dinheiro lá vai: nasceste cobra!

EPÍLOGO

Os Portugueses
Já não são tolos,
Não dão dinheiro
A fura-bolos:
Não fazem caso
Da tua história
Que a sua glória
Se consumou.

Já se perdeu, evidentemente, a mor parte dos clichês a partir dos quais se configura o humor "rigidamente estilizado" da poesia que se acabou de ler. Conforme observa o antes citado Northrop Frye em *Anatomia da crítica*, "o humor, como o ataque, funda-se na convenção [...]. Todo humor exige que se concorde em que certas coisas, como o desenho de uma mulher surrando o marido numa historieta cômica, são convencionalmente divertidas". E, na época, era convencionalmente divertido associar a prática da homeopatia, atacada com ferocidade pelos alopatas, à mais desabrida picaretagem. Mello Moraes, ironicamente caracterizado na *Pacotilha* como "ilustre historiador-homeopata", costumava ministrar cursos sobre homeopatia, ao cabo dos quais concedia certificados aos alunos. Na época, a homeopatia não se limitava a defender, mais ou menos inocuamente, o uso de ervas e produtos naturais; ela ia mais longe, pregando que todo ser humano era quase naturalmente apto à prática da medicina – daí, com certeza, a fúria com que os defensores da alopatia arremetiam contra a homeopatia. A questão, contudo, ia mais longe: a homeopatia estava, conforme os preceitos de então, associada ao socialismo hoje chamado "utópico", exposto nas doutrinas de Saint-Simon, de Fourier ou de Owen. "Mure", por exemplo, é referência ao homeopata francês Benoit Mure, que viera ao Brasil em 1841 especialmente a fim de divulgar a homeopatia e pregar a doutrina de seu conterrâneo Saint-Simon. Mure chegou a receber autorização do governo brasileiro para montar um "falanstério", espécie de comuna socialista (ressalve-se, a bem da verdade, que o projeto parece não ter dado certo). De todo modo, na década de 40 haveria alguma divulgação das doutrinas socialistas e de seus falanstérios; exemplo disso foi o efêmero jornal *O Globo*, de 1844.

* * *

A *Pacotilha* circulou de fevereiro de 1851 a junho de 1854. Surgiu para preencher com sátira, sarcasmo e ameaças veladas o vazio deixado pelos atos oficiais: "vá à parte oficial e principie, Sr. Antônio", costumava declarar o Carijó. Órgão partidário também na mais estrita acepção do termo, tinha o olho posto nas eleições gerais do final de 1852; muitas de suas poesias procuravam desqualificar, aberta ou subliminarmente, os conservadores. Tal estratégia até que poderia ter surtido algum efeito, pois o número de eleitores era muito reduzido, cerca de 50 por distrito (as eleições se davam em duas etapas:

na primeira, os "votantes", que podiam chegar a cerca de mil por distrito, elegiam os "eleitores", os quais, por seu turno, elegiam os deputados). Por mais hábeis que tenham sido, porém, essas poesias não lograram impedir a avassaladora vitória saquarema: os luzias não elegeram um único deputado. Desenganados, trataram, quase de imediato, de procurar acordos com setores menos carrancudos do grupo conservador. Torres Homem começou a publicar no próprio *Correio Mercantil* uma série de artigos denominada "Pensamentos acerca da conciliação dos partidos", reunida em livro nesse mesmo ano; conciliação voltou a ser palavra de ordem – já o fora durante toda a década de 40. E as negociatas deram certo, porque já em setembro de 1853 se empossava, com total beneplácito do imperador, o 51º Gabinete do Império, sob a presidência de Honório Hermeto Carneiro Leão, visconde e depois marquês de Paraná: era a Conciliação por assim dizer oficial, que marcou, entre outras coisas, a incorporação dos liberais ao Poder. Tal reviravolta não deixou de repercutir na imprensa luzia: o *Correio Mercantil*, por exemplo, foi utilizado como moeda de troca durante o processo de negociação em 1853. A prova disso é um documento manuscrito desse ano, hoje depositado no IHGB/RJ (lata 381, pasta 16):

Correio Mercantil

A direção política do Correio Mercantil pertencerá ao sr. Conselheiro Nabuco de Araújo:

para isso, os redatores que tiverem de escrever sobre as emergências do dia, sobre a reorganização do país, sobre as reformas administrativas, se entenderão com V. Exª ou com os respectivos ministros das outras repartições.

O sr. Nabuco proverá a necessidade de correspondências locais, escolhendo os correspondentes das capitais das províncias a quem se remeterá o programa de suas obrigações. A substância destas será que além dos fatos civis e administrativos devem os correspondentes dar notícia do estado e tendências do espírito público, das necessidades mais atendíveis; uma resenha estatística dos crimes, suas causas, e meios de que a autoridade usou para puni-los; todos os dados estatísticos a respeito da renda provincial, da instrução pública, do comércio, da indústria; enfim as novas correspondências não se devem limitar a cartas de partido, mas tomar proporções de relatórios administrativos.

Os correspondentes velarão no serviço da entrega das folhas aos assinantes das províncias e promoverão assinaturas. Terão gratificações fixas e um tanto por cada dezena ou centena de assinaturas que promoverem.

O foro dará interesse à folha. Este serviço se pode fazer com um redator que seja obrigado: 1º a rever diariamente as notícias dos diversos tribunais e a compor um artigo nesse sentido; 2º a fazer de quinze em [*quinze*] dias um artigo doutrinal, reduzindo a proposições a substância dos julgados, analisando-os, e adaptando para a jurisprudência as que forem legais e racionais.

Para isto é necessário que o sr. mº [*ministro*] da justiça obtenha do Supremo Tribunal, do Tribunal do Comércio e da Relação cópias exatas de seus trabalhos; e que alcance dos juízes cíveis e criminais uma parte diária de seus despachos e diligências segundo instruções que se devem formular.

O dr. [*José de*] Alencar pode ser incumbido da redação.

Hoje uma das partes mais interessantes de um jornal é a parte do comércio. Não fora conveniente que nesta parte se discutissem, como no *Economist* de Londres, as questões do tesouro e das finanças? O sr. Paraná pode presentemente auxiliar-se dos srs. Serra e Salles para essas questões: o redator comercial da folha se entenderia com eles. O governo chamaria um dos corretores da praça e lhe daria a sua confiança para dirigir a este redator secundário.

A direção econômica da folha pertencerá ao proprietário o sr. [*Joaquim Francisco Alves Branco Muniz*] Barreto, com o auxílio de quem lhe merecer confiança.

A esta direção ficará subordinada a parte noticiosa da redação, a parte literária e de teatros, e a correspondência do exterior.

A folha manterá um correspondente nos Estados Unidos, um no Rio da Prata, um em Paris, um em Lisboa e se puder, na Alemanha.

Escuso [*sic*] lembrar que nos Estados Unidos e no Rio da Prata os nossos ministros diplomáticos têm todo interesse em que as correspondências sejam feitas por seus secretários. A folha aumentará de formato no 1º de julho. Mas pode desde já tomar a nova direção.

O centro da redação será no escritório do jornal. Ali devem ser mandados oportunamente os artigos e notícias que cumpre publicar-se, sendo o chefe ou ponto central dessa correspondência quem o sr. Nabuco designar.

A discussão na parte editorial será sempre doutrinal. Quando se precisar defender nomes, ou explicar fatos, isto se fará em comunicado.

Aceitam-se as queixas e reclamações em sentido contrário à folha. Não se aceitam ofensas, nem epigramas, nem mesmo artigos [*ilegível; 'subvencionados', talvez*].

Os srs. da administração promoverão os interesses da folha, dando-lhe maior circulação. Não é difícil com os recursos do governo, com os das presidências, obter-lhe mais mil assinantes na Corte e província do Rio de Janeiro, e outros mil nas províncias.

Pode-se arrolar, entre as conseqüências desse acordo, a sensível queda de qualidade da *Pacotilha* a partir do final de 1853 até sua extinção, em meados de 1854, período durante o qual esse órgão agonizante se transformou em mera crônica social divertida. Em 9 de julho de 1854, Francisco Otaviano – "redator-em-chefe" do *Correio*, genro de Muniz Barreto e comborço de Pedro II – assim apresentava a seção que a substituiria, as "Páginas Menores":

Leitor, se algum dia quiseres escrever um romance cômico, e te faltar assunto, pensa um pouco na situação de um redator de gazeta procurando um título novo para uma coisa antiga.

O uso da galhofa e do humor como arma havia deixado de interessar. Pudera: em novembro de 1853, o proprietário do *Correio Mercantil* recebera da Coroa o "privilégio exclusivo por

20 anos para a construção de uma *estrada de ferro* na Província da Bahia", conforme registrou *O Grito Nacional*: recompensa sem dúvida excelente para o *Correio Mercantil*. Mas o projeto fracassou, e Muniz Barreto morreria, anos depois, cego e falido: epitáfio sem dúvida irônico para a *Pacotilha*. A propósito de epitáfios: em abril de 1867, o *Correio Mercantil* passou para o controle direto dos conservadores, com o jornalista Firmino Rodrigues Silva à testa da redação; em 15 de novembro de 1868, em plena Guerra do Paraguai, aparecia o seu último número.

MAMEDE MUSTAFA JAROUCHE

BIBLIOGRAFIA

a) Fonte Primária

Correio Mercantil (Jornal). Rio de Janeiro, 1851 a 1854.

b) Fontes Secundárias

Anais da Biblioteca Nacional – Catálogo de jornais e revistas do Rio de Janeiro (1808-1889) existentes na Biblioteca Nacional. Rio de Janeiro, Divisão de Publicações e Divulgação, 1965, vol. 85.

Candido, Antonio. *Formação da literatura brasileira.* São Paulo, Martins, 1962, vol. 2.

Fonseca, Gondin da. *Biografia do jornalismo carioca.* Rio de Janeiro, Quaresma, 1941.

Frye, Northrop. *Anatomia da crítica.* São Paulo, Cultrix, s/d.

Graham, Richard. *Clientelismo e política no Brasil do século XIX.* Rio de Janeiro, Editora UFRJ, 1997.

Hutcheon, Linda. *Uma teoria da paródia.* Lisboa, Edições 70, 1985.

Jarouche, Mamede Mustafa. *Sob o império da letra: imprensa e política no tempo das Memórias de um Sargento de Milícias.* São Paulo, FFLCH/USP, 1997 (tese de doutorado).

———. "Galhofa sem melancolia: as *Memórias* num mundo de luzias e saquaremas". *In*: Almeida, Manuel Antônio de. *Memórias de um sargento de milícias.* São Paulo, Ateliê, 2000, pp. 13-59.

Lara, Cecília de. "*Memórias de um sargento de milícias*:

Memórias de um repórter do *Correio Mercantil?*". *In: Revista do Instituto de Estudos Brasileiros.* São Paulo, IEB/USP, 1979, nº 21, pp. 58-84.

LUSTOSA, Isabel. *Insultos impressos – a guerra dos jornalistas na Independência (1821-1823).* São Paulo, Cia. das Letras, 2000.

MAGALHÃES JR., Raimundo (org.). *Três panfletários do Segundo Reinado.* São Paulo, Nacional, 1956.

———. *O Império em chinelos.* Rio de Janeiro, Civilização Brasileira, 1957.

MASCARENHAS, Nelson Lage. *Um jornalista do Império (Firmino Rodrigues Silva).* São Paulo, Nacional, 1961.

MENDONÇA, Bernardo de (org.). *Obra dispersa de Manuel Antônio de Almeida.* Rio de Janeiro, Graphia, 1991.

MORAES, Alexandre José de Mello. *História do Brasil-Reino e do Brasil-Império.* São Paulo/ Belo Horizonte, Edusp/ Itatiaia, 1982, 2 v.

PINHO, Wanderley. *Cotegipe e seu tempo.* São Paulo, Nacional, 1937.

REBELO, Marques. *Vida e obra de Manuel Antônio de Almeida.* São Paulo, Martins, 1963.

SODRÉ, Nelson Werneck. *A história da imprensa no Brasil.* Rio de Janeiro, Civilização Brasileira, 1966.

TORRES, João Camilo de Oliveira. *A democracia coroada. Teoria política do Império do Brasil.* Petrópolis, Vozes, 1964.

VIANNA, Hélio. *Contribuição à história da imprensa brasileira (1812-1869).* Rio de Janeiro, INL/MEC, 1945.

———. *Vultos do Império.* São Paulo, Nacional, 1968.

______. *Da maioridade à conciliação.* Rio de Janeiro, s/ed., 1945.

CRONOLOGIA

16/9/1844: Começa a circular, no Rio de Janeiro, o jornal diário *O Mercantil*, ligado ao grupo liberal então no poder.

1º/1/1848: *O Mercantil* passa a chamar-se *Correio Mercantil*, órgão oficial do governo liberal.

29/9/1848: Os liberais fora do poder; Pedro II nomeia um gabinete conservador.

1848-1849: Sai *O Libelo do Povo*, atacando os conservadores, o imperador e a dinastia de Bragança. Inicia-se uma virulenta batalha verbal por meio de jornais e panfletos.

1851: O *Correio Mercantil* é definitivamente despojado da publicação dos atos oficiais do governo, que passam para o *Jornal do Comércio.*

9-10/2/1851: Aos domingos/segundas-feiras, o *Correio Mercantil* começa a publicar a *Pacotilha*, espécie de porta-voz satírico do jornal.

de 27/6/1852 a 21/7/1853: Publicam-se, na *Pacotilha*, as *Memórias de um sargento de milícias.*

outubro/1852: Nas eleições para a Câmara dos Deputados, os liberais não conseguem eleger um único representante.

primeira metade de 1853: Começam as negociações para um novo governo de "conciliação", que colocaria lado a lado conservadores e liberais; a direção do *Correio Mercantil* negocia a redação do jornal; o jornal ataca, como "escândalo", as concessões de privilégios para a construção de estradas de ferro.

outubro de 1853: É nomeado o chamado "Gabinete da Conciliação", sob a chefia de Honório Hermeto Carneiro Leão, marquês de Paraná.

novembro de 1853: Joaquim Francisco Alves Branco Muniz Barreto, diretor-proprietário do *Correio Mercantil*, recebe concessão de privilégio para construir uma estrada de ferro na Bahia. A partir daí, o jornal deixa de considerar as concessões um escândalo.

junho de 1854: A *Pacotilha* é extinta, após ter rodado 178 números.

24/4/1867: o *Correio Mercantil* passa para o controle direto dos conservadores.

15/11/1868: Extingue-se o *Correio Mercantil*.

NOTA SOBRE A PRESENTE EDIÇÃO

Conforme se afirmou na Introdução, as poesias aqui reunidas haviam sido publicadas apenas na *Pacotilha* do *Correio Mercantil.* Não dispondo de nenhuma outra fonte para cotejo dos textos, os organizadores viram-se a braços com problemas ocasionados por má impressão, letras quebradas e erros de revisão constantes do original, nos quais a *Pacotilha*, como de resto toda a imprensa da época, abundava. Acresça-se a isso o mau estado de conservação de muitos dos exemplares e se terá uma pálida idéia do grau de dificuldades – e de arbitrariedades – que daí advém. Ainda assim, procurou-se, na medida do possível, a maior fidedignidade – o que resultou, não raro, num paciente trabalho de decifração.

A *Pacotilha* teve 178 números, a maioria dos quais coalhados de poesias e trechos em verso. Assim sendo, a seleção teve de impor-se como critério. Procurou-se escolher as melhores poesias – segundo, claro está, o critério dos organizadores.

Registre-se, enfim, que a problemática (para não dizer caótica) ortografia da época foi atualizada sem hesitação. Por outro lado, esta edição procurou, a despeito da eventual estranheza, manter as "idiossincrasias tipográficas" do original, que faz uso bastante livre de itálicos, negritos e maiúsculas. As notas procuram esclarecer aspectos pontuais para a compreensão das poesias.

IK
MMJ

POESIAS DA PACOTILHA

SONETO

Eu vi, e pasmo quando nisso penso,
Mostrar Santa Apolônia ao povo um dente;
Já vi deitado sobre a grelha ardente,
Qual tostado leitão, a S. Lourenço.

De lança em punho e capacete imenso
Vi São Jorge acossar feroz serpente,
E São Sebastião, grego tenente,
Nu, de grã-cruz, por tanga tendo um lenço,

Vi São Tiago em trajo de peregrino,
Santa Isabel c'um saco de padeira,
Vi São Bento rapado em ar de Chino!

Tenho visto no mundo muita asneira,
Mas faltava-me ver o Deus Menino
Cavaleiro da ordem da poeira.

6/3/1851

Embora pense quem pensar não sabe
Que grande logração pregou-nos Eva:
De morrermos, coitada a culpa que leva,
Quando ao contrário nisso honra lhe cabe,
Tendo somente em vista, embora errasse,
Que um bom petisco Adão saboreasse.
Mais do que ela o tal melro foi culpado,
Pois se caiu não foi por amoroso;
Qual história de amor! Foi por guloso!
Mor dose lhe compete do pecado
Que finório sobre ela descarrega,
Com que 'té hoje a pobre inda carrega.

Assim injustos sempre havemos sido
C'o a mais bela e perfeita criatura,
Símbolo d'amor, emblema de ternura,
Que a despeito injustiças que há sofrido
Da vida só amando à escada corre,
Vive só para amar, amando morre.

6/3/1851

ENIGMA

Ninguém tem podido ainda
Atinar com a razão
Da deserção rapina
De certo LIBERALÃO!

Decifração

É porque sua alta mente
Já de há muito antecipa
A descoberta que estava
P'ra fazer ultimamente
O *Daily-News* e o Jornal:
"Que deve sua existência
"À portuguesa influência
"O partido Liberal"

O Catucá[1]
23/3/1851

---

1. Houve, em 1849, dois jornais satíricos com essa denominação: *O Catucá* e *O Pagode Catucá*. A expressão, depreciativamente utilizada contra os conservadores, parece derivar do verbo "cutucar", que também se usava "catucar".

Raiou, qual sempre, risonho
No horizonte brasileiro
Esse dia memorando
De nossa pátria o primeiro;

Mas vendo a dádiva sua
Rasgada em tiras, a um canto,
Empalidece, desmaia,
Acaba desfeito em pranto.

30/3/1851

ENIGMA

Tem dado muito que fazer, principalmente aos interessados, o não poderem, por mais que quebrem a cabeça, atinar com razão por que, Sr. Ex. o Sr. Capitão-mor da Praia Grande [...], como ia dizendo a Vm., o sobredito cujo Capitão-mor tendo em sua alta sabedoria por há perto um ano haver a concorrência às cadeiras de Inglês e Francês (exercidas inteiramente contra a lei há dois anos), achando-se vários candidatos inscritos há mais de seis meses, ainda não houve por bem realizar o tal concurso.

Decifração

É porque tem estado à espera
Que se faça brasileiro
Certo Adônis estrangeiro,
A quem já palavra dera,

Que se propõe a ensinar
O inglês por inferência
Descoberta que à ciência
Há de muito aproveitar!

30/3/1851

Do caboclo o bem-estar
Juramos todos fazer,
Pois de almas filantrópicas
Que mais se deve querer?

Quatro órfãs desvalidas
Pode a sorte felicitar;
Elas mais que ninguém
Devem na noite esperar.

No jardim tudo se esquece,
Até mesmo o padecer;
Salta-se, canta-se, dança-se
Ninguém pensa que há morrer[1]

Adeus amável jardim,
Adeus famoso lugar
Vou pra corte aborrecida,
Vou gemer, vou suspirar.

13/7/1851

---

1. Essa construção, "há morrer", com elipse da preposição "de", ocorre também em vários passos das *Memórias de um sargento de milícias*. Trata-se de arcaísmo.

É fama que em certo dia
De honrada sala um pintor
A narizes desenhar
Se empregou num corredor;

Cansado de dar *améns*,
Dessa vida de inação,
Não quis ganhar sem trabalhar
O dinheiro da nação.

Tendo para as belas artes
Tido sempre habilidade,
E querendo que o seu nome
Chegasse à posteridade,

Julgou antes preferível
Seus talentos cultivar,
Só que levar assim posto
In nomine a legislar;

De Viana... mais prudência!
Senhora Musa, caluda!
Não se queria a inimizar
Com a facção nariguda.

20/7/1851

Chiquinho, andas de luto!
Benzinho, quem te morreu?
É por falta de amante?
Benzinho, aqui estou eu.

20/7/1851

ENIGMA

Não quer ser filho das Ilhas
Prefere ser Jacobino
Um jagodes[1] que em menino
        Fez travessuras

Logo que foi mais crescido
Em S. Félix se meteu;
Dizem que ali aprendeu
        Um certo fado

Que com a maior protérvia
Lá foi dançar na Bahia
No caixa da economia
        Onde deu gostos...

---

1. Pessoa desajeitada; palerma.

Não sabe por que títulos
É tratado a pão-de-ló
Tal desperdiço[2] faz dó!
    Aos saquaremas.

Sentado no parlamento
Não é coisa de receio
É um bobo de recreio
    A seus apartes.

Em duas sessões e meia
Um chulo discurso fez;
Fez um tremendo entremez
    Que deu brados!

Principalmente na cena
Em que quis pantear[3]
O seu físico e mostrar
    Poucas vergonhas...

Se redige alguma falha,
Nunca apresenta um conceito,
É um insulto perfeito
    O seu *Correio*

Mas insulsa e grossa pulha
Ninguém o pôde igualar;
Fazê-lo corar
    Não há urtiga

---

2. Assim no original, por "desperdício".
3. Zombar, caçoar, dizer futilidades.

Quem é capaz adivinhe
De que casta de animais
É o bruto de dois pés
De quem dou tantos sinais

O Farricoco[4]
20/7/1851

---

4. Termo depreciativo utilizado contra os conservadores; sob esse nome circulou um pasquim entre 1848 e 1849. Segundo Caldas Aulete, indica o homem "que acompanha as procissões de penitência vestido de hábito escuro com um capuz a cobrir-lhe a cara tocando numa trombeta de vez em quando". O dicionário de Moraes, em sua edição de 1813, dá a seguinte definição: "s. m. chulo. Gato pingado, que carrega a tumba da Misericórdia"; na edição de 1858, o mesmo dicionário registra as variantes farricoco, farricouco e farricunco. O próprio pasquim aqui citado apresentou essa variação no nome, tendo se chamado *O Farricoco* e depois *O Farricouco.*

Eram cem juntas de bois
E de bois todos seletos
A puxarem os sapatos,
E os sapatos todos quietos.

14/8/1851

Oh! Que corja de marrecos
Se junta na Ucharia
Falando da vida alheia
Toda a noite e todo o dia!

Desde manhã até à noite
Sentados ali a palrar
Não se lembrando que têm
Suas dívidas a pagar!

19/1/1852

É já noite. A um canto e para o fundo do teatro vê-se um capitão da guarda nacional da reserva, fardado de dragonas e espada à cinta, acompanhado de outro *militar*, também fardado, que traz um imenso embrulho de papel em uma das mãos e na outra uma pena. Atravessam a praça vários indivíduos, e no passar cada um deles, chega-se o capitão ao *militar de pena e papel* e interroga-o por vezes; este lhe responde negativamente com a cabeça, até que afinal ao passar o último lhe responde pela afirmativa. O capitão então desembainhando a espada, e tomando uma atitude marcial, adianta-se para o meio da cena, coloca-se na dianteira do indivíduo, e exclama:

Capitão

Olá! pronto e sem demora
Marche já pra o batalhão
Não há gente da cidade,
Basta de vadiação.

Guarda

Veja bem, Sr. capitão,
Há muita gente esquecida,
Que aliás pra nada serve:
Eu não tenho hora perdida.

Capitão

Meu amigo, não me embaça
Pode muito bem servir:
Inda é moço e reforçado,
Armamento vá pedir

Guarda

Capitão, deixe viver
De Deus os servos fiéis;
Deixe a gente e vá-se embora,
Que isso não vale dez réis

Capitão

Nada, nada, a nada atendo!
Tenho ordens apertadas;
Velhos, mancos, tontos, tortos,
Irão co'as mãos amarradas!

Guarda

Porém se eu for à ronda,
Minha casa sentirá; →

e dos filhos que eu educo,
Coitadinhos, que será?

Capitão

Não me importo com o que diz,
Marche já, senão... prisão!

Guarda

Talvez que à forra me leve
Se não tiver coração...

Estou no caso, isso é verdade;
Mas com meu modo fagueiro
Dançar hei de o miudinho,
E dar pra ronda dinheiro.

Capitão

Sou da guarda oficial,
E não sou nenhum marreco:
Pra rondar apronte as gâmbias,
Que eu não sirvo de boneco.

Guarda

Eu bem sei capitãozinho
Que ao serviço tens amor;
Mas eu não sou seu cativo
Não me trate com rigor.

Capitão

Todos acham na cidade
Que o serviço tem deinde[1],
E se safam das maçadas
Com artes não sei de quê!

Guarda

Capitão, façamos juntos
Um bom serviço à pobreza:
Quem for pobre não se prenda,
Sirva só quem tem riqueza.

26/1/1852

1. Assim no original. Palavra latina que indica tempo ou relação de causalidade: em seguida, depois, daí. Por causa da rima, deve ser lida, macarronicamente, como oxítona.

É triste ver e saber-se,
Como patusco e galhardo,
Reside em seu aposento
O feliz ilhéu *Bernardo.*

Com todo furor e sarcasmo
Do mais insólito gênio,
Menospreza justas queixas
O feliz ilhéu *Arsênio.*

N'uma casa boa e nobre
Da imperial Ucharia,
É aí onde repousa
O feliz ilhéu *Garcia*

26/1/1852

O VIAJANTE QUE VIU E NÃO VIU

Num paquete de vapor
Foi a Europa percorrer
Um moço muito estimável,
Que serviços de tremer
Decerto nos vai fazer.

Chegou o primeiro à Bahia,
Onde o paquete surgiu,
Mas o moço embasbacado
Tais cousas em terra viu,
Que o barco sair não viu.

Fretou um barco de vela;
foi direitinho a Lisboa;
Viu Cintra galas trajando,
Viu a rainha sem coroa,
Viu muita coisinha boa.

Viu na polícia os homens
Andarem em divergência, →

Viu demais a liberdade
Do governo na gerência,
Viu também muita excelência.

Em quatro dias ou cinco
Viu Lisboa desgraçada,
Falou com a Imperatriz,
E viu somente uma estrada,
Que era macadamizada.

De Lisboa foi à França;
Viu Luís Napoleão,
Viu um vermelho tão feio
Que pareceu-lhe um papão
No dia da revolução.

Da revolução, digo mal,
Direi do golpe de estado,
Não se chama revolução
O escravizar-se um povo
Por chefe quase c'roado

Da França foi à Inglaterra
Ver a grande exposição;
No palácio de Cristal
Sofreu grande mangação
Pois nada havia ali, não.

Assim mesmo lobrigou
Um talho com gentileza
Que na rua do Ouvidor
Fez uma moça francesa
Da nossa alada beleza.

Nada mais viu no Brasil,
Nem o milho, nem o feijão
Não viu mandioca-puba
Nem nenhuma produção
Desta brasílea nação.

Zangado por esta falta
da exposição terminada,
Voltou-se para Portugal:
Também de lá não viu nada
Que merecesse nomeada.

A não ser vinho do Porto,
Ou presuntos de Barcelos,
Azeite de Santarém,
Ou de Lisboa os marmelos,
Lá não viu produtos belos.

Saiu logo do cristal
Vendendo azeite às canadas,
E prometeu de escrever
Todas estas asneiras
Que parecem caçoadas.

Veio depois ver cá fora
De Londres a fidalguia;
Viu os lordes a caçarem
Com grande aristocracia
Que ali passa por mania.

Viu a rainha Vitória
C'o príncipe afortunado,
Que tinham vindo da Escócia; →

Marchavam de braço dado,
Um do outro enamorado.

Viu os reais pequerruchos,
Lindos como sua mãe!
Julgou serem dois ou três
E já falando o inglês!
Cada um por sua vez!

Viu os teatros fechados,
Mas não viu representar;
A serração era tanta
Que não deixava enxergar!
Nem pras crianças mamar!

Viu heróis de cera mortos
Que parecia que falavam,
Alguns estavam pensando,
Outros o uíste jogavam,
E quase sempre ganhavam.

Fantasmas viu imensos
De uma forma colossal,
E vistosos dioramas;
Viu o *Zoological*
E o *Polytechinal.*

Terra soberba enxergou,
Onde foi presa Isabel.
Viu a praça do comércio,
O famoso *Times Tunnel,*
Onde encontrou Samuel.

O palácio de *Greenwich*
Não escapou ao taful:
Viu marinheiros doentes
Todos vestidos de azul;
Até lá estava John Bull!

Viu o parque de S. Jaime
C'o palácio do chão rente,
Muita pipa de cerveja,
E o parque do regente,
Onde andava muita gente.

O correio visitou
Que lhe pareceu excelente;
Mas achou-o inferior
Ao nosso expediente,
Que é ativo e diligente.

Até viu o lorde maire
trajando chambre de chita;
Cousas viu pra admirar;
Viu muita cousa bonita,
Já por muita gente escrita.

Quis ver todo o mistério,
Porém não conseguiu tal;
Viu só lorde Palmerston
Que por ser muito liberal
Disse dele muito mal.

Taciturno e cabisbaixo
C'o a atmosfera nublada
Virou as costas a Londres,
Que deixou enfumaçada,

Por isso ali não viu nada
É natural que pra Rússia
Vá o nosso sabichão,
Por ser grande monarquista
De cabeça e coração,
Ou talvez para a Turquia
Cumprimentar o sultão.

2/2/1852

DIÁLOGO
ENTRE O HOSPITAL E O SINO DO BOM-JESUS

Hospital

O vizinho lá de cima,
Por que tanta matinada?
Basta de tanto barulho,
Não dê tanta badalada.

Sino

Meu caro hospital vizinho,
Perdoe se causo tormento
A seu ilustre agasalho,
A quem devo acatamento

Hoje estou muito contente,
Mais do que isso, extasiado,
Por ver que deram-te tábua
Num vaidoso atoleimado.

Hospital

Pois, colega, conte-me isso,
Olhe que sou de segredo;
Gosto assaz de novidades;
Fale pois, não tenha medo.

Sino

De falar ter medo?... é boa!
Para que fui inventado?
Minha missão é falar
Alto pra ser escutado.

Se alguém se casa, dou parte;
Se morre, digo também;
Se se batiza, não calo;
Passem por lá muito bem...

Hei de dizer o que sinto,
Sem rodeio e sem rebuço;
Não tenho medo de espada,
De punhal, pistola ou chuço.

O *Rosas* cá desta casa,
Carola-mor pouco *amável*,
Desta vez chuchou no dedo
Desta ordem respeitável

Teve um despótico ceptro
Foi mandatário do senhor
Mas na última eleição
Deixou de ser corretor.

Diga agora que não devo
Gritar bem alto – aleluia!
Ao ver que o tal ditador
Desta vez levou na cuia.

Hospital

Para que tirar a alçada
Do rigoroso mandão?
Não sabem que ele emagrece
Sem a tal jurisdição?

Sino

O que quer? para estes cargos
É mister ser educado;
O *Rosas* do Bom Jesus
É mui pouco delicado.

Esse lugar cinco anos
Ele orgulhoso ocupou
Contra o nosso compromisso,
Que nunca tal ordenou.

Foi tão grande economista
Que pra dez mil réis poupar
Fez, por sua decisão,
Da missa órgão tirar.

Consta que a ordem dissera:
Reeleito? não consinto;
Não darei mais importância
A um ovo que pôs um pinto?!

Hospital

Que famosa logração!
Como não estará danado
O ex-corretor *amável*
Modelo de um *bem-criado*?!

Entorno do teu badalo
Pois que já não tenho horror,
Em saudoso *de profundis*
Em honra do corretor.

2/2/1852

PRIMEIRA NOVIDADE NA CIDADE DO RIO GRANDE

Meus respeitáveis senhores
Carijó e Companhia
remeto-lhes hoje este fardo,
Que posto tenha avaria,
Há de achar consumidores.

São em versos historiadas
Duas grandes novidades
Que há pouco lugar tiveram
Em duas nossas cidades,
Rio-grandenses chamadas.

Uma festa deslumbrante
Deu-se ali na ocasião
Da estréia do farol
Que ia dar o seu clarão
Ao incauto navegante.

Houve brindes com calor,
Um ao vice-presidente, →

Ao Caxias o segundo,
Ao Chaves seguidamente,
E o quarto ao imperador!!!!

2/2/1852

SEGUNDA NOVIDADE NA CIDADE DE PORTO ALEGRE

Repare bem na seguinte
Novidade original!
Qu'em Port'Alegre fez bulho,
Qu'o povo levou a mal,
Murmurando com acinte.

Ei-la que é pura verdade.
Um soldado acutilado
Por um pinga sebastianista[1]
Por não tê-lo cortejado
Numa rua da cidade!!

Sendo preso o valentão,
Sofre conselho de guerra,
E não pelas leis de cá,
Mas por leis de sua terra,

---

1. Oficial dos prussianos engajados no serviço deste império pelo Sr. Sebastião do Rego Barros (*nota do original*).

Foi condenado à prisão.
Resta agora ir a Berlim
Conselho a confirmar;
Mas se o ferido morrer,
Felizardo há de banzar!
Que o caso não fica assim!

Trovador Chimarrão
16/2/1852

Senhor Antônio, sentido!
Tome agulha de bom aço,
e enfarde em grossa fazenda
A certo reverendaço.

Veja agulha das mais fortes,
E enterre-lha até o fundo;
Que outro couro mais rijo
Não quero haja no mundo.

Dizem uns que o meu herói
É ilhéu, outros galego;
Ou seja assim, ou assado,
É um chapado labrego.

Cada pérola que solta
Causa nojo, ou move o riso;
Ou escrevendo, ou falando,
Não tem mesmo o comum siso.

E o que dizemos então
A respeito do latim? →

Nisso corre ele parelhas
Comigo no grego ou chim.

A moral do reverendo
É moral de taverneiro:
Seu Larraga, o seu Montes
É dinheiro, e só dinheiro.

Se vai alguém batizar-se,
Diz logo: – *benha* um canário.
– Ora meu padre, isso é muito!
– Pois *bá* a outro *bigário.*

Se lhe falam no – conjugo,
Visto ser negócio raro,
Oh! isso então cheira ao alho,
Custa caro, e muito caro.

O que diz cristã doutrina,
Ou rezar e breviário,
É cousa que não entende
O bem do nosso vigário

Reza sim devotamente
Esta criatura atenta
Certo livro milagroso
Que conta folhas quarenta.

Causa muita compunção
A qualquer alma devota
Ver devoto pastor
Puxar a orelha da sota.

No *lasquenet* delirante
No pacau, ou na primeira,
Disputar-lhe a primazia
É grande, mui grande asneira.

No parar, ou fazer banca,
É professor jubilado;
E em ajeitar um mocinho
Não é vigário, é mitrado.

Beatus uenter qui portauit
Pontificem patuscorum,
Et maximum camelorum,
Et per omia seculorum.

Amen[1].

O Poeta Vassourense
16/2/1852

1. "Feliz o ventre que carregou/ o pontífice dos patuscos,/ e o maior dos camelos,/ e por todos os séculos dos séculos./ Amém" (trad. IK)

As mesmas letras
Seu nome tem
Que o santo esposo
Da virgem mãe

E o sobrenome
Pertence ao ente
Que é pio, justo,
Beneficente

Tem apelido
Da árvore frondosa
Que a fruta dá
Tão saborosa

Governa o mal
Da mesma sorte
Governa a cura,
Governa a morte
E a sepultura

O cemitério
Audaz dirige; →

Sem seu mandado
Se algum se erige,
É desmanchado.

E dá-lhe leis
Como lhe apraz,
Com artes tais
Que o preço faz
Aos funerais.

Pretende os mortos
Tirar das lousas
Aonde estão.
Profana as cousas
Que santas são.

Governa os doudos
Da casa eterna,
E os que governam
Também governa,
Se desgovernam.

E a gente, o forte,
Que levantou
Por S. Miguel,
Que ele criou,
Que lhe é fiel,
Dobra a cerviz
Ao seu mandado,
Embora o povo viva vexado
C'o Rosas novo.

O Bardinho
23/2/1852

AO SOLDADO BATISTÉRIO

Spem pretio non emo

Que silêncio nefasto me acabrunha
        Nesta hora lisonjeira?
Dai-me, ó filho, soldado do futuro.
        A minha harpa guerreira:
Quero, enfermo, abafar meus gemidos
        Com um canto de glória.

Onde estás, mocidade, onde os teus hinos,
        No dia da vitória?
Não te eleva o soldado brasileiro,
        Zombando da muralha,
Do vampiro arrancando esse estandarte
        No campo de batalha?

Não tens n'harpa de amor um som augusto,
        Uma nota somente,
À pátria, ao heroísmo; no teu seio
        Não ferve um voto ardente, →

Que aos lábios venha converter-se em louvor,
E à virtude exornar?

Teus olhos que embelezam quanto adoram,
E a voz que no cantar
Superna e imortaliza o nome que alça,
Dormitam na indolência,
Não tem um sonho de amor?... Maldita sejas,
Criminosa indiferença!

Vem, ó fogo sagrado, os brancos lábios
Ardente colorir;
Num extremo arrepio convertida
Veja a vida fugir,
Como o som das trombetas que no Prata
VITÓRIA proclamaram.

Nesta fonte abatida vê-lo louros
Cabelos que nevaram;
Surge leda minha alma, embora fujas
Para sempre cantando:
Irás cheia de luz de heroísmo
Pelos céus fulgurando.

Donde veio este bravo, sem nome!
Que os pelouros da morte afugenta!
Em que campos nasce-lhe o ginete,
Que não pisa na terra sangrenta?

No seu rosto lampeja a alegria!
No seu braço rutila a vitória!
Donde veio este bravo, sem nome,
Ser alvo num dia de glória?!

Nós o vimos garboso e valente
As muralhas de ferro escalar,
Abater do tirano as falanges,
E a bandeira do escravo arrancar!

No seu peito embotavam-se as lanças,
A seus pés os obuses sedam;
de seu ferro mortal na peleja,
Ao talha, os cavalos cabiam.

Nós o vimos sorrindo e vencendo,
Como um Deus sobre a terra humanado;
Nos o vimos no ar floreando
O estandarte que havia tomado.

Nós o vimos gentil e pujante
Ao seu chefe voltar gloriosa,
E nas mãos desse jovem depor
O troféu de seu peito brioso.

Que é este guerreiro sem nome?
Em que terra feliz foi gerado?!
E os guerreiros gritaram no campo:
"É o herói brasileiro soldado!"

Amanhã no peito brioso
Há de a estrela do sul fulgurar,
E uma banda de ouro e de púrpura
A nobreza nos flancos lhe atar.

8/3/1852

In nomine Patris et Filii
eu principio o sermão:
Ouvi-me, fregueses meus,
Prestai vossa atenção.

Conversando com Anselmo,
Disse-me ele que corria
Nesta vila certa folha
Que comigo se entendia.

Por não ser versado em letras,
Pedi ao amigo Alagão
Decifrasse o papelório,
Que é papel de perdição!

Ele leu-me a tal coisada,
Que se chama Pacotilha:
De raiva dei quatro coices
E pu-la logo em estilha.

Afirmo que essa maldita
É obra de tentação!
E a todo aquele que ler
Lanço minha excomunhão!

E que fique bem em lembrança
De meus avançados fiéis
Que não levanto o interdito
Nem que me dêem cem mil réis!

Diz a filha do pecado
Que não reza o breviário
E que não sabe o latim
O bom do vosso vigário

Passe por lá muito bem
Que diabo quero fazer
Cá com essas bugigangas
Que a ninguém dão de comer

Quanto àquilo, meus fregueses,
Com que se compram melões,
Isso sim! outro cantar!
São as minhas devoções.

Sem dinheiro, meus meninos!
Mando todos à *tabúa*[1];
E a quem vier sem os cobres
Eu ponho no olho da rua.

Com a chelpa[2] caso logo
Velhas, tortas, aleijadas,
Meninas e criancinhas,
Até mesmo as já casadas.

---

1. Tábua. Rima forçada.
2. Dinheiro.

Caso a branca mais pimpona
C'o pretinho de Guiné;
Casarei o próprio papa
C'o a rainha Pomaré.

Tenho dito: sem *cumquibus*
Pra ninguém há salvação;
Não há nenhum Sacramento,
E fora o mais logração!

Se arranjo o meu macinho
Lá quando as cartas baralho,
Para isso sou o topete,
Custa-me muito trabalho.

Sabeis, ó queridos filhos!
Que isso de jogo é azar:
Será crime porventura.
a sorte por um pouco ajudar?

Que diria o melquetrefe[3]
Que escreve na Pacotilha
se certos segredos meus
O maldito logo pilha?

Que sarabanda aí vinha
Do poeta endiabrado
Se por exemplo soubesse
Do sigilo revelado?...

---

3. Parece que "melquetrefe", com "l" na primeira sílaba, era forma corrente na redação da Pacotilha. Nas *Memórias de um sargento de milícias* registra-se "melquetrefezinho".

Mas então, com mil diabos!
era caso de porrete,
E meus fregueses bem sabem
Como manejo o porrete!

Já me está secando a prosa;
Vamos comigo acabar:
Peço três ave-marias
Que devem todos rezar.

Seja a primeira rezada,
E com muita devoção,
Pra que aos pacotilheiros
Mirre Deus, e seque a mão.

A segunda, pra que avultem
Batizados, casamentos;
E de riachos às dúzias
Hajam sempre enterramentos.

E terceiro por tenção
de todo amável parceiro,
Que seja cego e pateta,
E traga muito dinheiro.

O Poeta Vassourense
15/3/1852

Na minha janela tenho
Uma gaiola vazia,
De porta aberta chamando
A gente da freguesia.

Caiam cá, meus passarinhos,
Pois eu tenho obrigação
De dar erva da fortuna
A quem cair no alçapão.

A ela, rapaziada,
Isto não é mangação,
Eu curo certa moléstia
Com a minha erva saião[1].

Passo a vida descansado,
À noite jogo gamão.
Gozo a minha pitadinha...
Junto da erva saião.

---

1. Possível referência satírica ao político conservador Francisco de Paula de Negreiros Saião Lobato, futuro visconde de Niterói. Saião é também nome de planta.

Estimo muito esta prenda
Que me veio da Pavuna,
E mui tenho apreciado
A bela erva da fortuna.

15/3/1852

Vou-lhe coisinhas contar
Que num ônibus ouvi
Um destes dias passados
Quando vim de Andaraí,
Aonde fui patuscar

Entre vários personagens
Um padre vinha e um doutor;
Tratavam de nossa guerra,
Da queda do ditador,
E d'outras várias passagens

As que excitaram rumor,
Que fizeram pasmar,
Foram de certo estrondosas,
Eu vou fazê-los falar
Para dar-lhes mais valor.

Padre

Então, doutor, que me diz
Destes negócios do Prata? →

Já teve fim a tragédia.
Já caiu o patarata
Pra sossego do país?

Doutor

Fácil não é deslindar
A tarefa que me dá;
Tenho muito que dizer,
Que não me escreveram de lá,
Que faz rir, senão chorar.

Que o monstro já se safou,
É cousa que ninguém nega,
Mas que Jano as portas feche,
Acabada esta refega,
Ninguém ainda avançou.

Sumiu-se já com certeza
Essa potência malvada,
E custou bastantes vidas,
Pois tinha tropa amestrada
Nos conflitos da fereza.

Padre

Mas acabando o tirano,
Extingue-se a tirania
É esta a máxima aceita
(Como meu mestre dizia)
Por todo o gênero humano.

Doutor

Padre, você lê de cor
Inda por a velha cartilha.
Acaso as folhas não lê?
Não viu a Pacotilha
Que explicou isso melhor?

Padre

Que tem as cousas da guerra
Co'os fardos da Pacotilha?
Porventura ela adivinha?
Ou do futuro esmerilha
Quanto o livro anoso encerra?

Doutor

Tudo ali escrito está.
E digo que as previsões
Que sobre a guerra avançou
A tal súcia de matões
Vai aparecendo por lá.

É o caso mais falado
A viagem do Carneiro,
Que só serviu para gastar
Velho e novo dinheiro,
Mas no mais ficou mamado.

Fora eleições comandar
No sentido do governo,
Porém d'Oribe a influência →

Mandou-o para o inferno,
E nada pode arranjar.

Pois que o vencido do Cerro,
Dando ainda a direção
Ao Estado Cisplatino,
Fez sair a eleição
Como anelava o tal perro.

Seu amigo devotado,
O Jiró, diz mui lampeiro
Que há de ser o presidente
E que, em subindo ao poleiro,
Ab-rogará o tratado.

Deu dois berros o Carneiro
Com essa nova fatal,
Mas de lá deram-lhe um
Que o homem com um golpe tal
Ficou tido por sendeiro.

E que dirá o D. Justo
Sendo agora vencedor?
Talvez ao Brasil inteiro
ele queira a lei impor,
Governando a todo o custo.

Padre

Olhe que ele não cai nessa;
Temos lá no Paraguai,
Que se oporá com firmeza
A que a guerra do Uruguai
Nos venha a dar na cabeça.

Temos o nosso atleta
Que, em aparecendo, faz medo!
E se ele pouco aparece,
Se até agora está quedo,
Algum plano projeta!

Quem sabe está guardado
Para a segunda batalha?
Quando chegar o momento
Verão que o homem não falha
Com seu valor costumado

Já foi contas ajustar
De Palermo num salão.
Inveja, correu na praça, →
Que ele fora ao beija-mão
Que D. Justo ia ali dar.

Não é fácil comentarem
A gentinha oriental,
Não pode o Deus da vitória
Sair do céu do Arraial
Sem seu nome macularem

Doutor

Ora, padre você'stá
C'os com que mamou.
Pois pensa que a grande fera
Outra fera não deixou,
Que inda fatal nos será!

Sabe já quanto custou
Essa vitória alcançada, →

As vidas pereceram
Nessa luta encarniçada,
E se o conflito acabou?

E a troco de um tratado
Como o leão com a novilha,
E com mais dois animais,
Ignora o padre que pilha,
Quem é o bicho coroado?

Isto cá dentro, e lá fora
Quem filou foi Inglaterra,
Lhe abrimos o Paraná,
Que grande riqueza encerra,
E o seu comércio melhora.

Fiemos bem ao amigo,
E a nós Deus sabe o quê!
Isso dirá o D. Berro,
E também Justo José,
Que dizem ser nosso amigo.

Nisso o trajeto acabou.
Cada um foi-se apeando,
E eu fui logo escrever-lhe
Fielmente lhe narrando
Tudo o que ali se passou.

22/3/1852

DIÁLOGO ENTRE O HOSPITAL E O SINO DO BOM-JESUS

Hospital

Amantético vizinho,
Meu caro bronze estimado,
Como vai sua pessoa?
Anda agora tão calado...

Sino

Colega, você bem sabe
Que eu tenho na goela um nó,
Quando não mexem comigo
Não digo uma nota só

Porém quando algum sujeito
Comigo põe-se a brincar,
Eu, que não sou de segredo,
Começo logo a gritar.

A sua hospitalidade
Que quererá que eu diga?
Que soberba já parece
Que tem o rei na barriga.

Só porque desafoga
Do seu antigo calor
Tem ao lado um passadiço,
Deu ao povo um corredor?...

Ora seja vaidosa,
Que é tão grande o assunto,
Nem tão pouco me demore,
Que vou dobrar a defunto.

Hospital

Meu vizinho, você hoje
Está de má catadura;
Não quero falar de mim,
Sim daquela *criatura*...

Do Rosas da sacristia
De uma vontade de ferro,
Sujeito que ao vir ao mundo
A ignorância deu um berro!

Sino

Sobre este herói portentoso
Dizer posso muito e muito
Mas acho asneira gastar
Cera com tão ruim defunto.

Hospital

Fale sempre que o souber,
Diga tudo sem reserva;
Pode ter indigestão
Se o bucho isto conserva.

Receio... o ex-corretor
É odiento... vingativo,
Pode tirar-me o badalo;
Eu sem badalo não vivo.

Hospital

Como ele inventa ofensas
Pra sem razão se ir vingando,
Se há de morrer sem ter culpa,
Ao menos morra falando.

Sino

Tens razão, colega amigo,
Alguma cousa direi;
Não fui eu que aos irmãos pobres
As esmolas lhes neguei.

Irmão que em cinqüenta e um,
Pobre... esmola precisou,
Coitado! fez cruz na boca,
Porque ele a todos negou.

Hospital

E por ser bom financeiro,
Quis a receita aumentar;
Por tão grande economia
Não o devem censurar...

Sino

Quem o alheio benefício
Não se anima executar,
Que bem próprio ess'alma ingrata,
Mesquinha, pode gerar?...

Será por economia
Que ele mandou ensinar
Aos africanos libertos
Para as missas ajudar?

Não era um escárnio feito
À nossa religião
Pôr no altar da nossa igreja santa
Um acólito pagão?

Ignora esse carola
Que a pia sacramental
Só pode lavar mancha
Do pecado original?...

Não por certo... a só maldade
Fazia assim proceder;
É ditador, quer e diz:
Hei por bem assim querer...

Com seu gênio de bombarda
Apertava o sacristão,
Trazia sempre em bolandas
Pachorrento Brandão.

Vão perguntar-lhe se o Rosas
Bastante civil não é.
Passava-lhe cada banda
de deixar orelha em pé.

Hospital

Esse foi-se... a Mão dos Homens
Creio que o mandou chamar.

Sino

Coitado! já não podia
Grosseirão aturar.

Até o Martins das obras,
Fiel administrador,
Viu-se obrigado a deixá-las
Por causa desse senhor.

Porém, vizinho, caluda,
Não vá barulho fazer;
Tenho agora meus receios,
Porque já ouvi dizer:

"Eu vou vingança tomar
De um sino que não berra;
Hei de mandá-lo enforcar,
E depois vou pra Inglaterra."

28/3/1852

SONETO

Que ao respeitabilíssimo e honradíssimo Berro
O.D.C.[1]
O seu reverente respeitador

Poeta Vassourense

Jorram-me as lágrimas, corre-m'o catarro,
E todo me arrepio com tal erro
Que arrumou-nos por pulha o Sr. Berro,
Que mesmo não sei se é Berro ou Barro.

Oh! de raiva contra um rochedo esbarro;
Remordo-me, retruco, e dou a perro!
Com Barros nada quero, nem mesmo a ferro!
Com Berro inda menos: tudo varro.

De rancor e despeito quase mirro
E rompo em cachação e soco e murro →

---

1. Trata-se da abreviatura de "o dedicado criado".

Co' ratão que chamar-se Berro ou Birro.
Irra! o nome arranha e cheira a esturro;
Arrenego, repilo (e nisto embirro)
Tal Barro, Berro, Birro, Borro, Burro.

28/3/1852

SONETO

Exposto em Londres, como coisa rara,
Vai ser com pasmo da presente era
Nariz que sai da narigal esfera,
Nariz que boa Quarta tem de vara.

Para pintá-lo, dizem, se prepara,
Grão pincel de cabelo de pantera,
Qu'assim pede o nariz maior que viera
À luz do mundo em brasileira cara.

Há muito a fama de tal penca gira,
Tudo assombrando do Brasil por fora;
Há muito que o Bretão vê-la suspira.

Nela há quem julgue que Minerva mora:
Chama-lhe Urquiza o seu paládio, e em ira
Chama-lhe Rosas caixa de Pandora.

20/6/1852

Carijó e Companhia,
Amigo do coração,
Encaixai na Pacotilha
Esta minha produção.
Se vos parecer extensa
Podeis pô-la em duas vezes
Ou em três, como quiserdes,
P'ra não massar os fregueses.
Fr. Bonifácio.

Há certos dias na vida
Em que o espírito não lida,
Em que a alma não diz nada,
Em que nem pensa. – Coitada!
Se pensa tanto outras vezes!
Se nos dias de reveses
Não tem descanso nenhu'!
Semelhante a um peru
Que a girar todo entufado,
Com o monco pendurado,
Ora vermelho, ora azul,
Tomando ar de taful,
P'ra namorar as peruas →

Que às vezes são irmães *[sic]* suas!
Sem lhe importar parentesco,
Não descai do romanesco
Todo o santíssimo dia,
Nem descansa da mania
De andar de asas arrastadas
À roda das namoradas.
Depois no dia seguinte
Por acaso e sem acinte
As penas não arrepia
É todo misantropia:
Anda de monco encolhido
Muito triste e aborrecido,
Com a cabeça arroxada,
Não lhe apetecendo nada,
Nem a comer se decide:
Imagina ter pevide,
Ou diz para a companheira:
"Temo estar com figadeira."
Assim as almas também,
Neste mundo de vaivém
Tem dias de não falarem
Outros de tagarelarem,
Que parecem umas loucas,
Cismam muito em cousas poucas,
De nada fazem um monte
E até... não se lh'o conte,
Quando o corpo está dormindo,
Se andam elas divertindo
Em nos mostrarem em sonhos:
Ou uns espectros medonhos
Ou então muitas tolices,
Um rancho de parvoíces

De idéias desconchavadas;
Mas tão desalinhadas,
Que custam a perceber
E que só pode entender
Quem as pretende explicar
Por saber adivinhar

Como eu já ia dizendo,
Hoje é um dia tremendo
Da minha alma estar calada:
De não dizer mesmo nada,
E de eu estar aborrecido,
Cada vez mais convencido
De que sou um papelão
Um pateta, um toleirão,
Um homem dos mais inúteis,
Destes espíritos fúteis
Que criou o Criador
N'um dia tão sem sabor
Como este é hoje para mim.
Dia dos que não têm fim,
Que parece um ano inteiro:
É no que se falta o parceiro
Costumado do gamão,
Não pode haver distração
Nem nenhum divertimento
Que nos tire o sentimento
De que somos insofríveis.
É destes dias terríveis
Para mim o dia d'hoje
Dia talvez que p'ra o Doge
De Veneza fosse dia
De muitíssima alegria.

....

Dirás agora, leitor,
Que se estou tão sem sabor
Mais valia ir-me deitar
Do que estar-te a causticar,
Que tu tens mais que fazer,
Que não tens tempo a perder
Se és poeta que não gostas
De ver certas caras postas
A rimarem por demais
Pensamentos triviais,
Como eu estou fazendo,
E como tu estás lendo,
Que te admiras também
Que ainda fosse além
Destes versos que aqui pus
Sem exclamar: – Ai Jesus!
Ora então! – Vejam que asneira!
Será hoje sexta-feira,
Ou será dia aziago?
Cuja influência pago
Fazendo versos tão maus,
Dando por pedras e paus?

....

Pois leitor, estás enganado
Porque até deste bocado
Eu não fico descontente
Por ser feito de repente:
Mas enfim p'ra te agradar
Eu te vou já explicar,
E mostrar-te bem a fundo
O motivo em que me fundo →

P'ra te dar esta massada
Que parece calculada.
Ora aí vai a razão,
Quer acredites, quer não:
Eu disse para comigo:
Se por acaso consigo
Persuadir a quem me ler
Que quanto aqui escrever
Foi tudo escrito n'um dia
De grande sensaboria
(Como toda a gente tem)
Vai a cousa muito bem.
Porque enfim se acreditarem,
É mais fácil desculparem
Alguns erros que eu cometa;
Mas não engolindo a peta
Caem-me os censores em casa,
E hão de pôr-me pela rasa.
Leitor, percebeste enfim,
Por que comecei assim?
Dize-me, fiz bem ou não?
Achas que tive razão
Dar a mão à palmatória?
Pois vou contar-te uma história:

    Era uma vez uma moça
    Branca e virgem como a cal,
    Destas belezas tão raras
    Que chegam a fazer mal.

Era ao declinar do dia
Quando eu a encontrei,
E declaro francamente
Que logo me apaixonei.

    Ora é bom, leitor, que saibas
    Que eu sou bastante acanhado, →

E que assim que vi a moça
Fiquei muito atrapalhado.
Mas enfim lá como pude
Pintei-lhe a minha paixão,
Fiz-lhe em prosa acalorada
Um *speech* e beijei-lhe a mão.
Fiquei perdido de amores.
Tão tolo, tão namorado,
Que até disse a um amigo,
'Stou aqui, 'stou casado.
Perguntou-me ele: – O que dizes?
Pois um frade há de casar?
Respondi eu: – Se não caso
Então quero me matar.
Voltei três dias a fio
À casa da tal beleza
Que a julgar pela pronúncia
Era Russa... ou Milanesa.
Fui continuando a pintar-lhe
A chama que em mim ardia
E como ela se calava
Eu julguei que consentia.
E fiquei de todo louco
Por ela me prometer
Que n'um dos dias seguintes
Me tencionava escrever.
Em toda a noite deveras
Não pude pegar no sono,
E passei-a de joelhos
A rezar ao meu patrono.
Fui logo no outro dia
Ver a minha feiticeira,
Que assim que eu entrei na sala →

Meteu a mão na algibeira.
Pensei que tirasse a carta
Em que eu lesse o meu destino;
Mas sabeis o que tirou
Da algibeira?... Um pente fino.
Foi um pente em vez da carta!...
E de mais um pente sujo!!!
Eu então caio das nuvens,
Pego no chapéu e fujo.

27/6/1852

CAMINHOS DE FERRO

CARTA DO SÁBIO BRASILEIRO
POETA VASSOURENSE
AO SÁBIO PORTUGUÊS
O ILUSTRE DR. LUCIANO LOPES PEREIRA

Eu li, meu caro doutor,
Os vossos sábios escritos,
Onde vêm tão bem descritos
Em rico estilo taful
Os manejos de John Bull.
    Doutor, benzi-me três vezes!
    Em face do grande p'rigo
    Fiquei com dores d'umbigo,
    E por tanto ir à *vasilha*
    Tenho as tripas na virilha!
Não tem dúvida, meu caro:
Para mim é cousa vista
Que há um plano de conquista
Na tal estrada maldita
Que vem por nossa desdita! →

Manda John Bull para cá
Uns dez mil trabalhadores;
E quem me diz, meus senhores,
Que todos estes bandalhos
Não venham com seus chanfalhos?
Oh! quem nos diz, me respondam:
Que excomungados Bretões
Não tragam nos sapatões
Bem escondida a metralha
Que nos vem pôr em migalha?!
Quem sabe se o maquinismo
Que aí nos trazem os tais
São máquinas infernais
Que assim do pé para mão
Nos deixam a santa unção?!...
Enfim, de cima da serra
Não podem os maganões
Sem mais considerações
Ir levando à pedrada
A nossa gente coitada?!
Meu doutor, por faz ou nefas
O Brasil e Portugal
Hão de ser, e por seu mal,
A presa do tal Bretão,
E já vem dar a razão:
Tu sabes que o *old Port-wine*
É pinguinha de primor;
E p'ra tê-la a seu sabor
O meu Inglês é capaz
De vender-se a Satanás!
Sabes também, oh! meu caro,
Que temos boa cachaça.
Não o digo por chalaça: →

Um Goddeme pela cana
É qual mico por banana!
É lei do fado portanto
Que as unhas do Leopardo
Com passo veloz ou tardo
Hão de ir ter a Portugal
E à terra do bom Cabral.
Ponhamos entanto embargo
Do Bretão à ligeireza,
Mandando vir com presteza
O grande Mr. Petin,
Ou ao cél'bre Poitevin.
Encomendemos à pressa
Dúzia e meia de balões;
E com alguns patuscões
Hemos fazer diabruras
Aí por essas alturas.
Duas léguas lá de cima
Assim que a esquadra chegar
Tocam todos a mijar...
E então... adeus pavilhões,
Adeus acesos murrões!
Oh! que tão lindo espetáculo
Ver Goddemes afogados
De cima abaixo ensopados
Em urina e mais cousinhas
Que tu, doutor, adivinhas?...
Eis então chove das nuvens
Pedrada sobre pedrada,
Esmagando esta cambada...
Oh! que guapa bela história
Para altiva Queen Victória!!
Assim seremos vingados →

Eu e tu, meu Luciano,
Deste moderno romano.
– Não poupemos os patifes,
E demos cabo dos bifes!
        Este plano não é meu;
        Saiu todo dessa bola,
        Dessa estupenda cachola!...
        – Agora também, doutor,
        Vou o meu plano propor:
Erga-se já pela costa
Uma altíssima muralha
Que nos livre da canalha.
– Foi assim que fez o Chino
Um povo de grande tino!
        E deixa vir para a estrada
        Vinte mil trabalhadores.
        Venham mais desses amores
        Q'um só não há de voltar,
        Se o que proponho medrar.
Logo que os cujos chegarem,
Doutor, vai t'oferecer
Para seu médico ser...
– Que para a todos matar
Basta tu a *receitar*!

Disse
18/7/1852

MISTURA DE GRELOS

Meu Carijó, eu não tenho
Um estro tão eloqüente
Que te posso hoje saudar
Com glória e prazer ingente!
        Nascido de pais tão pobres
        Eu não desejo riquezas,
        Nem também, tão presunçoso,
        Meter-me com realezas!...
Amo a pátria, adoro a Deus,
Venero a religião,
Trato a todos muito bem,
E detesto a adulação!
        Eu quisera hoje cantar
        Os feitos da Pacotilha,
        Pois que ela é sem remédio
        Melhor do que a salsaparrilha!
Abraçar o grande Antônio,
E saudar o meu Gregório,
Ir com eles a Stoltz[1] →

---

1. Atriz muito celebrada na época.

Aplaudir no Provisório!
Minha mulher anda triste
Porque morreu seu canário,
E eu ando atordoado
Por causa de um salafrário!
Que quer por força que vote
Nas futuras eleições
Em uns certos sujeitinhos
(Refinados maganões!)
A minha preta Maria
Meteu um prego no pé,
E inda em cima levou
Pela saia um buscapé!
Já não existem cambistas
No teatro Provisório,
O bom do nosso Miranda
Parece não ser simplório!
Casou-se uma certa moça
Contra a vontade!... meu Deus!
Onde estamos?! digam todos:
– Somos cristãos ou ateus?
Em certa rua notável
Existe certo sujeito
Que namora uma mocinha
Sem vergonha e sem respeito!
Consta que um vate da corte
Ao Aprígio vai saudar
Com o intento somente
De alguns cobrinhos chupar!
Contra os ilhéus carroceiros
Muitas queixas tem havido;
A Redowa a muita gente
Tem a bola confundido!... →

Adeus, grande Carijó,
Adeus... que já hoje 'stou com pressa,
Por hoje somente mando
Esta mistura ou remessa!...

Enquanto estiver na corte
Eu serei teu escritor,
Pois para me divertir,
Isso é cousa de valor!

Desculpa os erros dos versos,
Que foram feitos sem arte,
Pois minha musa não tem
O valor do Bonaparte!...

O Poeta de S. Gonçalo
25/7/1852

MISTURA DE GRELOS

O tão bom acolhimento
Que a meus versos consagrastes
Me faz com contentamento
Inda uma vez te escrever
E minha lira tanger
(Do autor.)
Sou filho de S. Gonçalo,
Da terrinha das goiabas,
Onde muitas pereás
Matei, montado a cavalo!...
Tenho musa, sou poeta,
Sem ser mesmo grão pateta!
Quando passo numa rua,
E vejo certa deidade
Na janela recostada,
Fico com sinceridade
Derretido e engraçado,
Com feições de namorado!...
Deixemos pois de falar
No nosso tão belo sexo. →

Vamos ao nosso leitor
Prazeres um pouco dar!...
Vamos à nossa mistura,
Pois temos boa fartura!...
Na semana que passou
Muitas cousas se fizeram:
Um velho de sessent'anos
C'uma moça se casou!...
Tinha um tremendo nariz,
Maior que um almofariz!...
No campo d'Aclamação
Dous grandes fogos houveram:
Cobres bons os barraqueiros
Fizeram co'a tal função!
Tudo isso apreciei,
Mas nem um vintém gastei!
Tive um sonho muito belo,
Que eu, amigo, vou contar-te,
Inda que seja em estilo,
Muito lacônico e singelo!
A Tijuca deu um berro
Pelas estradas de ferro!...
O morro do Corcovado
Fazendo duas mesuras,
Dançou com o Pão d'Açúcar
Um galante e belo fado!
Isso vendo o D. Castelo,
Meteu em tudo o chinelo.
Para as lojas se fecharem
Aos domingos, os caixeiros
Não cessam, meu Carijó,
De com força proclamarem!
Acho-lhes muita razão,
Pois hoje há muita função! →

A Redowa tem-me a bula
Muito e muito atrapalhada.
Antes 'stivesse na vila
Feito algum triste carola!
Mas que fazer, se assim quer
A minha cara mulher?
    O bom povo fluminense
    É povo muito feliz
    Pois em cada esquina tem
    D'uma rua um chafariz!
    Viva amor!... viva o progresso!...
    Deu as costas o regresso!...
Agora muito respeito,
Que o caso é muito sério,
E segundo o meu pensar
Merece grande conceito;
Eu principio portanto
Fazendo tão débil canto!
    Com a pompa mais brilhante
    Fez Santa Rita, domingo,
    Sua bela procissão
    De Corpo de Deus, ovante!
    Houveram lindos coretos,
    Danças, fogos e sonetos!
Muita mocinha bonita
Eu encontrei, presunçosa,
E por desgraça também
Vi uma velha esquisita,
Co'a bunda chocha, escorrida,
P'ra os moços toda lambida!
    Vi um velho barrigudo,
    Que andava pondo luneta
    Para as moças qu'encontrava,
    Sem ter feições de sisudo! →

Vi o fogo enfumaçado
Que me pôs atrapalhado!
Tratar d'outra cousa vamos,
Isso... já... sem mais demora:
Batam palmas! peçam motes!
Que nós já principiamos!
Tomem tabaco! e espirrem!...
Mas conosco não embirrem!
Conta que 'stá para haver
Nesta corte exposição,
E disso não se duvida
(Portanto... deve-se crer)!
Vamos pois já relatar
O que deve figurar!
As fouces da relação,
A caneca do Passeio,
Os versinhos dedicados
Por este vate ao patrão!
O retrato do Diniz
Com os dedos no nariz!
Um quadro representando
Um desses novos correios,
E um velho narigudo
Uma moça namorando!
Um *petit-maître* a cavalo,
Um sino com seu badalo!
Em fofo leito deitado
Um guarda municipal
Sem do lamaçal das ruas
S'importar nem ter cuidado!
Ao lado tendo uma caixa
Aonde as multas encaixa!
As calcinhas torneadas,
Os chapéus das abas largas. →

Os coletes muito curtos,
As gravatas engraçadas!
Um quadro representando
Um pedestre[1] meditando!...
Um carola atrapalhado,
Com um músico a tratar,
Para lindas sinfonias
Em uma festa tocar!...
Vista do largo do Paço,
Com a ponte em embaraço!
O véu da D. Maria,
O chapéu da forte-lida,
Retrato de um demandista
Com a pança bem vazia!
Os bonequinhos do Teles,
De ratos trezentas peles!
Por hoje... basta a maçada!...
O resto fica guardado
Para outra ocasião,
Pois a musa 'stá cansada!
Adeus, Carijó querido,
Homem de gênio subido!
Do Chiquinho lá da vila
Recebe ternas lembranças,
Vê se lh'arranjas um galgo
Ou... um cãozinho de fila!...
Adeus... que já 'stou com pressa!...
Basta por hoje a remessa!

O Poeta de São Gonçalo
1º/8/1852

---

1. Miliciano que, obviamente, andava a pé. Opõe-se, assim, a "cavalariano".

O EMPREGADO FISCAL

I.

Eu já vi certo fiscal
Da vila que finda em ança
Ter na rua cabras, vacas,
E fazer disso chibança!
        Razão tem em assim fazer,
        Que são de sua mulher

II.

Quem loja tem e lhe não fia,
Com antedata o temor faz...
Não multa em correção,
É só quando bem lhe apraz!...
        – Não fiar!... Fortes brejeiros!...
        É bem feito, taverneiros.

III.

Tem afeição aos mascates
Italianos e franceses... →

Não os multa, e com razão,
Que o brindam largas vezes...
  – E estes brindes liberais...
  Trazem laços fraternais.

IV.

Mas caindo-lhe na unha
Um Ilhéu ou um galego!...
Tudo duvida! Sem vingar-se
Não tem Deus, não tem segredo...
  – E é justo que estes tais
  Transpor não querem os umbrais.

V.

Donde lhe vem este rancor
É que não posso adivinhar!
Se há porém coisa culta
Só ele pode julgar:
  – Mas contra todos não s'atreva,
  Q'há que pense e que não escreva.

VI.

E não é este santo homem
Digno da present'história?!...
Por não ter nariz não pode
Ter na Pacotilha glória?!
  – Ah! É desgraça desse país
  Tão bom fiscal não ter nariz!...

O Tiribanda
1º/8/1852

OS SOUZAS[1] SÃO GRANDE COUSA!

GLOSA

Pelo Poeta Vassourense

O governo salvador
Com três Souzas se arranjou.
Oh! que trio de primor!
Eu não sei quem os formou;
O que digo, sim senhor,
É que o demo os ajuntou.
Grande fortuna é ser Souza!
Os Souzas são grande cousa!

---

1. Referência a três ministros do gabinete conservador de José Joaquim Rodrigues Torres (visconde de Itaboraí), empossado em 11/5/1852: o da Justiça, José Ildefonso de Souza Ramos (barão de Três Barras e depois visconde de Jaguari), o dos Estrangeiros, Paulino José Soares de Souza (visconde de Uruguai), e o da Guerra, Manuel Felizardo de Souza e Mello.

Um dos tais, o diplomata,
C'um sopro do narigão
Revolveu todo la Plata.
É pois com muita razão
Que a fama do tal magnata
Corre até pelo Japão.
Chapeau bas por este Souza!
Os Souzas são grande cousa!

O meu Souza, el general,
Ou por alcunha o – Feliz...
Com a espada virginal
Felicitou o país.
Fale por mim o arsenal,
Que eu não quero ser juiz.
Há nada como este Souza?
Os Souzas são grande cousa!

Quanto ao Souza lá d'Aldeia,
É um guapo mocetão;
E quer me creia, ou não creia,
É um grande sabichão.
Ora até o acho com veia
De ser segundo Lobão.
Brinquem-me com este Souza!
Os Souzas são grande cousa!

Sinto n'alma um ardor
Não sejas da governança,
Meu Aprígio encantador!...
Nada, nada, sem tardança
Vá mais este lindo amor
Completar a ministrança. →

É papa-fina este Souza!
Os Souzas são grande cousa!

E em honra de nossa história
Ao quarteto sem igual
Levantemos por memória
Estátuas de bom metal
Dentro do templo da glória,
Quero dizer, do *arsenal*.
Nada, vou chamar-me Souza,
Que os Souzas são grande cousa![2]

20/9/1852

---

2. Ao final destes versos consta a seguinte observação: "*P.S.* Estava quase em não lhe mandar estes versinhos, tão zangado estou com a futrica pelo arbítrio que tomou de adotar como filho meu o tal rejeitado – *Concerto monstro* –, que pelas feições parece ser algum *Carijozinho*. Será isto verdade ou não, meu caboclo? Não achei desajeitado o dito cujo *concerto*; mas o caso é que não fui eu quem o fiz; e quando o fizesse, não era capaz de meter na dança o Sr. Lobato (Francisco), por quem tenho decidida simpatia por muitos motivos, entre os quais avulta o de valer ele por três *Poetas Vassourenses* no artigo de sovar com graça e preceito a todos esses Tartufos politicões e pelotiqueiros, com quem vive em contato. Não caia noutra, Sr. Carijó, se não quer perder o freguês que se assina / *O Poeta Vassourense*."

ELEIÇÕES

Na conquista das *suaves*
Empregam todo o furor
Os agentes da polícia
Desenvolvendo perícia
Digna de todo louvor
    Nas diversas freguesias
    Brilha a saquaremada,
    Demitindo, corrompendo,
    Ameaçando, prendendo,
    A gente subordinada.
Do pão-de-ló do tesouro
Saíram boas fatias
Para os subdelegados
Darem aos afeiçoados
Pelo correr destes dias.
    Devemos, meu Carijó,
    Acabar com a eleição;
    Basta de tanta mentira;
    O lucro que o povo tira
    É a desmoralização. →

Abre-se a cadeia velha;
Quem quiser ser deputado
Vá logo lugar tomando,
Vá dos negócios tratando
Para salvação do Estado.

O Poeta de Paquetá
14/10/1852

ENIGMA, OU COUSA QUE O VALHA
MISTER JOHN E MESTRE FÉLIX,
OU O PASTELÃO

Pelo Poeta Vassourense

Mister John-o-saltimbanco,
Mestre Félix, pasteiro,
Qual dos dous, não sei dizer
É maior pelotiqueiro.
    Mister John-o-saltimbanco
    Fá-las de todo tamanho!
    E ora nisto, ora naquilo,
    Vai deitando o seu gadanho.
Mestre Félix pasteleiro
Em nada lhe fica atrás;
Té creio, Deus me perdoe,
Que ao Mister dá sota e ás.
    O Mister, sem mais cer'mônia,
    Bate à porta ao pasteleiro:
    – Entre quem toca ao ferrolho!...
    Ah! és tu, meu cavalheiro?

Temos então novidades.
Que queres, meu figurão?
Senhor mestre, sem preâmbulos,
Venho atrás do pastelão...
  – Pastelão!... deixe-se disso!
  Que é para beiço mais fino.
  Há de passar-lhe cocheiro:
  Vá com esta, meu menino!
– Olhe que tenho argumento
Que convence um pasteleiro.
Sei a chave dessa porta:
Amigo, temos dinheiro!
  – Não venha com tentações!...
  A tal obra é de encomenda
  De quem lhe deu os temperos;
  Não é negócio de venda.
Eu vender ao saltimbanco
Petisco tão primoroso!
Mister, falemos verdade:
Não tens o senso em repouso!
  Se caio desse cavalo,
  Oh! meu Deus! que não diria
  O meu amo respeitável
  E toda a pastelaria?
Oh! que fora uma falada
Que me poria em apuros.
Torno a dizer: saltimbanco,
Andas c'o juízo a juros!
  – E a dar-lhe c'o saltimbanco!
  Vá essa língua dobrando;
  Pois *virtute et labore*
  Vou minha vida arranjando.
Mas creio que não me ouvistes,
Senhor mestre pasteleiro. →

Falei bem claro e repito:
Que pago por bom dinheiro.
– Ouvi bem; mas o que queres?
O negócio é de desonra;
E nisto sou inflexível;
Pois bem sabes que minha honra...
– A honra de mestre Félix...
É caso de gargalhada.
Se estás mangando comigo,
Varro já tal caçoada!
Falemos claro, meu rico:
À *desonra* ponha preço;
Que para cortar as questões,
Veja lá quanto ofereço:
Cem mil piastras, meu caro,
Dou-te pelo pastelão.
Agora em duas palavras
Responda-me: sim ou não?
– Cem mil piastras!... cem mil!...
Isto é que é saber falar!
Que lógica tão sublime!
Não há aí que retrucar.
É quantia mui redonda.
Cem mil piastras! co'a breca!
Quem tal soma rejeitar
Contra si creio que peca.
Por menos, por muito menos
O biltre do tal judeu
(Segundo reza a Escritura)
A Jesus Cristo vendeu.
Por esse preço, meu rico,
A cousa fica ajustada;
Por tal preço vendo a mim,
Vendo toda a pastelada.

Meu caro amigo... Milord!
Toque-me aqui nesta mão:
Ou não sou o mestre Félix,
Ou terás o pastelão!...
E ambos contentes festejam
O toma lá e dá cá;
À papança não faltando
Rosbifes nem vatapá.
E já um tanto monado
Um entoa com furor
O *God save the queen*
Em rica voz de tenor;
Outro assim à meia rédea,
Dedilhando um bandurrinho,
Garganteia em voz fanhosa
Um lundu bem choradinho[1].

24/10/1852

---

1. Depois desses versos visivelmente epigramáticos, há a seguinte observação, assinada pelo próprio *Poeta Vassourense*: "Agora perguntar-me-ão: quem é Mister John, quem é mestre Félix, o que quer dizer este pastelão?... Isso mesmo estava eu também para perguntar: quem é Mister John, quem é mestre Félix, o que quer dizer esse pastelão? São cousas de poeta!... levanta-se de uma noite mal dormida; vai senão quando, sobe-lhe à cabeça o que em linguagem poética chama-se estro, em linguagem vulgar maluquice, e em linguagem ainda mais vulgar almorreimas, e ao pobre poeta, instigado, aforismado e perseguido pelas ditas cujas, vai saindo pelo bico da pena uma dessas esquisitices sem cruz nem cunho!... Eis em pratos limpos toda a história! Se lhes não agrada a explicação, procuremna melhor."

SE EU NÃO SAIR ELEITOR
DAREI UM GOLPE D'ESTADO

GLOSA

Que tremenda tempestade
A Candelária apregoa!
Esta freguesia tão boa
Vai pagar sua maldade.
Tudo se confundir há de,
E a terra em seu tremor
Causará grande pavor;
Ninguém deve escapar,
Raso tudo há de ficar
Se eu não sair eleitor

Castigarei a insolência
D'um povo que tanto amei;
Inexorável serei,
Negarei minha clemência,
Farei ver a eminência
Em que estou colocado; →

Vencerei o eleitorado;
E com meus presuntos belos
Comprados lá em Barcelos
Darei um golpe d'estado!

O Dr. de Barcelos
24/10/1852

SONETO

Ignorante não há mais atrevido,
Nem protervo, risível, paroleiro,
Do que um pobre, um misérrimo caixeiro
Isento da carroça por fugido.

Por praxe de balcão intumescido,
Morde, assassina o silabário inteiro,
Das palavras é torpe quitandeiro,
Virtudes abocanha o fementido.

Fingindo sempre estar muito apressado
Com negócios, agências d'alto lote;
Mas é falso!... e é só pra ter agrado!

Nefando adulador, burro de trote!
Quem das baldas soubesse e fosse acusado
Escalando-te o dorso com um chicote!!!

31/10/1852

AO EXM. CONSERVADOR

O Poeta Vassourense

Sua excelência dignou-se
Resvalar lá dessa altura.
(Desta vez foi para baixo)
E descer 'té a planura.
Aí topou de passagem
Com o pobre do poeta,
E lançou-lhe uma bordada
Q'o deixou quase pateta!
Sarcasmo, fina ironia
Não faltou à sarabanda:
Olhe que falo a verdade:
Inda estou com a cara à banda!...
Eu li em letra redonda
Que o grupo *Conservador*
Descendia em linha reta
De nobre progenitor.
Q'uma das secretarias
Para glória da nação, →

Em hora de feliz parto
Dera à luz o rapagão.
Eu não sei! porém vejamos
Se descubro algum vestígio
Que nos mostre quem gerou
A um tão raro prodígio!
A senhora da justiça?!...
Desde já digo que não!
Eu não lhe vejo as feições
Do nosso insigne Lobão.
Com o estilo rabulista
Assim um pouco confuso,
Que se arrastra tristemente
Em tom pesado e difuso.
Ora cá meu *general*
Aventou-lhe certos ares
Que denunciam a firma
De Dreyfus e de Soares.
Pode ser!... mas eu duvido.
Mil perdões, meu *general*!
E de tamanha ousadia
Eu vou já dar a causal:
No estilo fluente, ameno,
E um tanto acapadoçado.
Da grande firma – Gonçalves
Eu rastejo o fraseado.
Outra vez peço perdão
Se em meu juízo ando errado:
E também não quero alvíssaras
Se acaso tenho acertado.

14/11/1852

TEORIA SAQUAREMA

Pelo Poeta de Paquetá

Certo velho apatacado
Tanto e tanto trabalhou
Que a um seu filho letrado
Na magistratura encaixou.
Indo o doutor tomar posse
Disse-lhe o velho experiente:
"Meu filho, em teus interesses
"Cuida sempre, diligente;
"A quem precisar de ti
"Faz logo contribuir,
"Não penses que assim obrando
"Deixas de a Pátria servir."
À vista de tal conselho,
O bom doutor exclamou:
"Quer que ao depois me digam
"Vm. prevaricou?"
O velho deu em resposta
Ao que o filho perguntara: →

"Não se pode dar de graça
Justiça, que é cousa rara."
    Assim como o bom do velho
    Pensa o governo clemente,
    Que em negócios de justiça
    Que o velho é mais experiente.

21/11/1852

O PADRE-NOSSO DOS LIBERAIS

PARA SER FERVOROSAMENTE REZADO
DURANTE AS ELEIÇÕES

A terra de Santa Cruz,
Dos impérios o colosso,
Co'a tua graça ilumina,
Padre-nosso.
O bando de lesa-pátria,
De lesa-natura réu,
Pune, rei só verdadeiro
Que estais no céu.
Não seja, senhor, não seja
Mais pelos ímpios calcado
Um direito por teu Filho
Santificado.
Não queiras que pelo povo
Chibatado e morto à fome,
Por mais tempo em vão chamado
Seja o teu nome.
Ai deles! se continua →

Sujeito ao domínio, à voz
De quem só reza o maldito
Venha a nós
A demônios que da pátria
O sangue exaurido têm-no
E mais o suor, não abras
O teu reino.
Com exclusão dessa gente
Que não é do povo aceita,
Dele a futura eleição
Seja feita.
Reconheça dos tiranos
A feia incredulidade
Que só rege o mundo e os homens
A tua vontade.
Que não pode ter bom fim
Quem de tuas leis aberra;
Durar nem rei nem governo
Assim na terra.
Que só há de neste mundo
Ter verdadeiro troféu
Quem fizer justiça aos homens
Como no céu.
Perdoa, Senhor, perdoa,
Eu suportar já não posso
Que comam nossos inimigos
O pão nosso.
Recrutamento, chibata,
Miséria e corte em folia
É lucro que tiramos
De cada dia.
Constância com que dos déspotas
As fúrias o povo ruge, →

Em nossos votos firmeza
Nos dá hoje.
Das eleições co'a vitória,
Senhor, desta vez coroa-nos,
Desculpa os erros passados
E perdoa-nos.
Quatro anos de tormentos,
Que as faces nos trazem lívidas,
Já bastam para pagarmos
As nossas dívidas.
Erram a santa doutrina
Aos nossos santos avós
Aqueles que não procedem
Assim como nós.
Nós, meu Deus, nós temos faltas,
Temos, mas nunca roubamos;
Nós, quando mais ofendidos,
Perdoamos.
Os fariseus desta era
Só se nutrem de destroços.
E folgam bebendo sangue
Aos nossos.
Eles que dos bens que gozam,
Desses seus vãos esplendores,
São ao povo que flagelam
Devedores.
D'homens que vivem d'infâmias,
Como das águas os peixes,
Cativos, Senhor, cativos,
Nunca nos deixes.
Sim, nem por mais meia hora
Deixa ao teu povo afligir
Quem no inferno merece →

Cair.
Mostra, mostra o bom caminho
Para a próxima eleição
A algum do povo que ande
Em tentação.
Se o qu'hemos sofrido é pouco,
Meu Jesus, de tudo priva-nos,
Mas não nos deixes escravos,
Mas livra-nos.
Põe os olhos sobretudo
Nesse moço imperador;
Acorda-o do seu letargo,
Senhor.
Ilumine-o p'ra que veja
Qu'o partido liberal
Só pode salvá-lo e à pátria
De todo o mal.
Regenerada prospere
A terra de Santa Cruz
Elegendo seus bons filhos
Amém Jesus.

Por um Beneditino
(do Século)
19/12/1852

O LOBO NÃO MATA LOBO

Se é perverso o funcionário
De elevada hierarquia,
Temos toda garantia
No supremo tribunal.
        Porventura o presidente
        Que se diz prevaricou,
        Corretivo não achou
        Que o fizesse arrepiar?
Se não achou corretivo
Procure bem que o há de achar;
Que ele costuma estar
É nas páginas da lei.
        Porventura o magistrado
        Que seus despachos vendeu
        A condenação não leu
        De seus crimes no alto foro?
Se a condenação não leu,
Soletra bem, que há de ler;
Para não se corromper
'Stá toda em letra redonda.

Se até os dias presentes
Um exemplo não se dá
Que ateste que penas há
Contra o funcionário réu,
Nem por isso se conclua,
E nem se tire ilação,
De não haver punição
Nos capítulos do código.
É que o reto julgador
As razões de *pró* e *contra*
Na fiel balança encontra
Em equilíbrio perfeito;
E neste caso o juízo
Está de antemão lavrado,
E o réu apatrocinado [*sic*]
Pelo Dr. Agostinho.
Eis a norma da sentença
Que no tribunal se observa:
Pelo cabelo de Minerva
O lobo não mata lobo.

Barbacena,
2 de dezembro de 1852
19/12/1852

SONETO

José Joaquim da Ponte, *herói* amado,
Inimigo mortal da Pacotilha,
Dessa nossa querida e terna filha
Que tem feito no mundo *respeitado.*

Tu que à ternura sempre foste dado,
Abranda teu furor, vê que se humilha,
Que te pede por santa Patronilha,
Quem *ousou* teu coração ter magoado.

E pra tanta *bondade* compensar
Prometo à fé de grão pacotilheiro
Teus feitos heróicos enfadar.

Para que conhecendo o mundo inteiro
Possa devidamente apreciar
Tão *sábio*, tão *distinto* brasileiro.

27/12/1852

CAPIVARY

SONETO PARODIADO

Não lamentes, ó Brito, o teu estado,
Eleições tem perdido gente boa;
Já perdeu eleições a grã Lisboa;
E hoje em eleições já tem reinado!

Pois choras por perder, e és soldado!
Qu'rias do vencimento ter a c'roa?
Imita o Saturno cuja proa
Quebrou um povo justo, um povo honrado!

O grão *Napoleão*, maior famoso,
Que jamais perdeu (diz gazeta),
Agora não venceu sendo vaidoso!

Eleições... ter perdido... é murcha teta:
Não fiques, pois, ó Brito, duvidoso,
Que perder ou ganhar é tudo peta.

27/12/1852

PERGUNTAS INTERESSANTES

Vou fazer certas perguntas
De grande curiosidade,
Apoiadas na verdade
De certos fatos passados
Que para o bem do país
Devem ser comemorados.

Quem me saberá dizer
O nome de certo ente
Autor do independente,
Antigo periodiqueiro
Que pregava a anarquia!
E hoje quer ser ordeiro?

Um sujeito que em S. Paulo
Antes da abdicação
Pregava a federação,
E que hoje afidalgado,
De rusguento furioso
Passou a ser moderado?

Um que já foi presidente
De brutal sociedade
Que a bem da honestidade
Oculto a denominação,
Que foi grande demagogo,
E é hoje santarrão?

Quem seria um sujeitinho
Do banimento o autor,
Que pregava com ardor
A desordem em alto dia;
E que depois se tornou
Esteio da monarquia?

Quem será o birraquista
Devoto da concussão
Que não perde a ocasião
De se fingir tolerante
Querendo ser monarquista
Com proceder degradante?

Que foi o antiganchista
Em S. Paulo desordeiro,
Agora forte ordeiro
Com flatos de estadista;
De tribuno furioso,
Hoje quer ser monarquista?

Um lancheiro capadócio
Dos negreiros defensor,
Que a deportação com ardor
Até o pai pedia!!!
E que hoje se apregoa
Amante da monarquia?

E quem é o espadachim
Que tantas figuras tem feito,
Agora mui satisfeito,
De presa que agarrou,
De republicano recente
Monarquista se tornou?

Eis aqui tais perguntas
Que espero respondidas,
Para que bem conhecidas
Sejam tais celebridades,
Tingidas de monarquismo,
Cheios de monstruosidades!

O Poeta Gamboense
27/12/1852

A ELEIÇÃO MUNICIPAL

Se a anulada eleição
Fosse toda irregular,
E desse o fim desejado,
Então um tal resultado
Tudo obrigava aprovar!
– Oh! que gente tão ordeira...
– Tolerante e justiceira...
Mas porque a oposição
O triunfo conseguiu,
Eis a geral nulidade
Que a nossa atualidade
Na eleição descobriu.
– Oh! que gente tão ordeira...
– Tolerante e justiceira...
A de juízes de paz
Por que não foi anulada,
No mesmo processo feita,
E aos mesmos vícios sujeita,
Como ficou aprovada?
– Oh! que gente tão ordeira... →

– Tolerante e justiceira...
Foi porque dois filhos gêmeos,
Que irmãos deveram ser,
O pai raivoso e aflito
Ficou com o mais bonito,
O feio à roda foi ter.
– Oh! que gente tão ordeira...
– Tolerante e justiceira...
Quis porém o belo fado
Diminuir a opressão;
E então o resultado
Foi na segunda aumentado
Em favor da oposição.
– Oh! que gente tão ordeira...
– Tolerante e justiceira...
Senhores da governança,
Não useis de compressão[1],
Deixar votar livremente,
Quem contra vós firmemente
Se expressará à nação.
– Oh! que gente tão ordeira...
– Tolerante e justiceira...

O Poeta Gamboense
2/1/1853

---

1. Era esta a palavra comumente utilizada para o ato que modernamente se chama de "repressão".

CAPIVARI

LÁ VAI VERSO

Cessou enfim o murmúrio
Que acompanha as eleições:
Em todos os corações
Reina serena alegria...
    Tudo é mudo e esbabacado,
    Que o *juiz* ficou mamado!
Tudo é luto, tudo é dó,
Tudo geme, e tudo chora:
O mesmo sapo deplora
Do *juiz* a *queda* infausta...
    Tudo, afinal, é calado...
    Que o *juiz* ficou mamado!...
Sempre ganhando eleições,
Nunca as perdendo, o *juiz*
Desta vez foi infeliz!...
Nem sempre floresce o lírio!
    Seu povo tão adorado →

Pranteia o *juiz* mamado!
Seus prediletos amigos
Já não ousam lhe falar;
Mais que neles o pesar
No *juiz* humanizou-se!
Oh! triste do malfadado!
Que ficou ora mamado!
É geral a dor da perda!
As aves melodiosas
Seu canto, de pesarosas,
Já não modulam, suspiram...
Tudo, tudo desolado
Pranteia o *juiz* mamado!
Oh! meu *juiz!* oh! meu *louro*!
Não te entregues mais à dor;
Se não saíste eleitor,
Ficaste ao menos suplente!
Respira: por esse lado,
Não ficaste mamado!

Capivari,
23 de novembro de 1852
O Periquito
9/1/1853

ESTÂNCIAS À LUA

C'etait dans la luit brune
Sur le clocher jauni
La lune
Comme un point sur uni.
(A. DE MUSSET)

Ó lua, com tua face amarelenta
Despertas-me um sentir que a alma m'enleia,
És tão formosa semelhando um queijo
A face arredondada em lua cheia.

Ah malditos poetas! que te pintam
A fronte pálida a cantar amores:
Tu matrona querida dos vadios,
Que no vinho se esquecem de amargores.

E pois, ó minha dona, a ti meu canto,
Que eu compu-lo a dormir sobre a calçada,
Ébrio sonho a valsar-me doudejando
Na cabeça de nuvens tão pejada.

Arvoada ladainha dos amores
De uma certa morena campanuda!
E que linda moçoila a tal viúva,
Desde a cabeça aos pés em tudo aguda!

Era feia, por Deus, valha a verdade,
No mais era o meu anjo... anjo da guarda;
Me dava de comer se eu tinha fome,
Cosia-me os calções e a rota farda.

Ó lua, que saudade eu tenho dela
Nesta vida que levo pobremente;
Enjoava, eu confesso, dar-lhe um beijo,
Mas lavava-me o lábio vinho quente.

Era a bela gigante, pela altura,
A boca órfã de dentes, mui rasgada,
Tinha os olhos vidrados, incolores,
A face assim um tanto achinelada.

Como era bela, e quanto eu a queria,
Quando a burra era prenhe de dinheiro;
E ela, a coitadinha, me adorava,
E chamava-me às vezes de brejeiro.

E hoje vou curtindo frio e fome,
Durmo ao vento sem ter onde me acoste,
E choro meu passado; mas, ó lua,
Já vai chegando o sono, boa noite.

["Versinhos à lua, feitos por um estudante de S. Paulo, correspondente da firma Carijó e Comp."]

16/1/1853

SONETO

Eu duvido que a nossa fidalguia
Descendesse de Adão, qu'era um coitado,
Um paisano, que nunca andou calçado,
Um pobre que de peles se cobria.

Não tinha honras, brasões, nem possuía
Por prova de ser nobre algum morgado;
Foro nunca viu, nem foi tratado,
Como hoje se faz, por senhoria.

Eva inda foi pior, pois na Escritura
Não se trata por dona nem excelência,
E nem se diz que nas danças fez figura.

Donde venho a tirar por conseqüência
Que estando hoje a nobreza em tanta altura,
Não faz dele nem descendência.

"*Tupinambá*"
27/2/1853

O CONVITE

Se bom advertir
Aos amigos fregueses
Que as *coisas* que ali se vendem
Não se pagam duas vezes.

Que tudo é bom e barato,
Se no gênero que for:
Fiado também se vende,
Mas... coco à vista... é melhor.

Aos amigos sobretudo
Dá-se inteira liberdade:
O que o jimbo não tiverem
VENHAM pagar co'amizade.

20/3/1853

UM REQUERIMENTO
REQUERENDO

Pelo Poeta Vassourense de Vassouras

Requeiro, meus ilustríssimos,
Se mande um requerimento
Ao governo que governa,
Pra nosso esclarecimento.

Que a dúvida é duvidosa,
Me parece indubitável:
– Que venha pois do governo
Algum acerto acertável.

Respeito a esse respeito
Peçamos decisão
Que declare com clareza
Seguinte declaração:

"Se é idêntico ou não é
"Este mesmo cidadão? →

Se não sendo o mesmo idêntico,
"Deve cá vir à sessão?

"Ou se deve, sendo o mesmo,
"Jurar o seu juramento,
"Nos ficando isto assentado?"

Dado
No palácio dos ilustres ilustríssimos,
E assinado
Com as seguintes assinaturas:
Dr. Fonte de *Belezas*
Dr. Ad-Hoc
Dr. Juca-Baronete
Dr. Chico-*Cunha*
Dr. Fonte-Seca.

20/3/1853

GRAXA MÉLICA

OU NOVA E ADMIRÁVEL PREPARAÇÃO SIMPÁTICA PARA DAR O LUSTRE A TODA SORTE DE COUROS, E FAZER-LHES TOMAR O ASPECTO E O CARÁTER DOS DE QUALQUER ÉPOCA QUE SE QUEIRA

Soneto

Quem quiser comprar graxa bem lustrosa
Para couros de toda qualidade,
Venha e traga pecúnia em quantidade,
Que a tenho da mais fina e famosa:

Tenho duma tão bela e portentosa,
Que muda do calçado a cor e idade;
O moderno faz crer da antigüidade,
E o desta ser recente obra custosa.

Vinde, vinde com ânimo, fregueses,
Pois não sou desses biltres e maganos
Que enganam, se não sempre, as mais das vezes

As botas engraxei aos Lusitanos,
E tal lustre lhes dei, que os portugueses
Já são pais putativos dos Romanos.

Dr. Melífluo Moralista
20/3/1853

O CRITÉRIO MELADO

SONETO

MELO, disse o Critério, ah! sim eu *melo*
Quando discordo em cacos tão *morais*,
Que se fossem de brutos animais,
Teriam mais pudor em dar ao prelo.

Pois qual besta aí há, de qualquer pêlo,
Ou coma na gamela ou nos bornais,
Que chegasse a dizer asneiras tais
Como as diz um doutor que tem capelo?

Eu melo, perco toda a minha essência
Quando o vil interesse as rédeas toma
Em escrito moral ou de ciência:

Digo que Portugal é o pai de Roma:
E, se me for mister mais imprudência,
Direi que Cristo é filho de Mafoma.

20/3/1853

O PAÍS DOS ZABRILENSES

Por andar correndo terras
E ter fé no Vassourense,
Não quis voltar sem ter visto
O fértil país Zabrilense.
        É exato, e mais que exato,
        O grão-vate tem razão,
        Nada se pode igualar
        A tão *ditosa* nação.
Começando pela gente
Que compõe a governança,
Vejo que é mui superior
Aos maganões lá da França.
        A da velha celebrada
        Poderosa Inglaterra
        Fica a perder de vista
        Do que há lá nesta terra
Aquilo sim é que é gente!
Diplomatas, financeiros,
Estadistas consumados,
No país dos Zabrileiros! →

Há na terra de Zabril
Ministrinho tão *feliz*,
Que com todas as seis pastas
Não ficou porque não quis.
A paz e guerra do estado
Em sua mão traz fechada,
Do tesouro a grande chave
No seu bolso está guardada.
Entenda-se no que digo,
Que da fazenda e da guerra
Foi ministro o nosso homem
Nessa abençoada terra.
Além disto é muito mais,
É do país senador,
E para gozar de tudo
Até saiu eleitor.
Não é só o tal ministro
Que merece ser notado,
Temos por lá alguns outros
Que *comem* bem bom bocado.
Que *comem*, não se confundam.
Há maneiras de *comer*;
Não quero que um dito tal
Mau sentido possa ter.
Assim há menino tal
Que é na terra eleitor,
Sendo já subdelegado,
E de mais a mais vereador.
É menino feito *ad-hoc*
Para tudo atropelar,
E os serviços d'alguém
Com cinismo atrapalhar.
Acresce que tal menino
Não é do torrão Zabrilense, →

É à cascatica terra
Que o digno herói pertence.
Marcha tudo em debandada
Por causa do tal furor,
Todos querem ter empregos,
Mas serviços? não senhor.
A política da terra
É só para os afilhados;
Os outros, pobres coitados,
Em Zabril são enjeitados.
Aos amigos e sequazes
Pão-de-ló, mais pão-de-ló,
Aos ilotas desgraçados
Exterminam-se sem dó.
No interior a miséria,
Opressão e tirania,
No exterior a vergonha,
A baixeza, a covardia.
Eis aqui como as cousas
Se passam no tal Zabril,
Que nas mãos dos tais senhores
Vai dar em vaza-barril.
Felizmente no Brasil
Nada disto acontece,
E nosso abençoado solo
A olhos vistos floresce.
Espero, meu Carijó,
Estas quadras publicadas,
Para por nossos *senhores*
Serem bem apreciadas.

O Poeta Niteroiense
17/4/1853

DIÁLOGO ENTRE UM D. DO GOVERNO E SEU ESCRAVO JOSÉ

D.

José, dá cá o *Jornal,*
Que com ele hoje sonhei;
Quero ver já de relance
O qu'ontem na câmara falei.

José

Meu siôro, eiro aqui tá,
E também veiu os *Brasi,*
Veio os *Grito* e as *Reforma*
Pacotia e *Mercanti*
Que traze coisa q' faze ri.

D.

Tira fora, moleque,
Essa corja depravada; →

Quero o *Jornal do Comércio*,
Folha privilegiada
Pensionista da cruzada.

Toma, já vi o q' queria;
Estudei bem o recado;
Dei surra na oposição;
Deram-me muito *apoiado*;
Disse-me Eusébio: "Obrigado."

Estou agora como quero;
Tenho o governo na mão;
Serei para a minha província
Um famoso empenharrão
Cá da nossa opinião.

Vamos, José, vai comprar-me
Sapatinho envernizado;
Como hoje eu vou ao baile,
Quero ir ataviado
Com roupas de deputado.

Mas irei primeiramente
Ver a rua do Ouvidor;
Quero comprar luvas justas
Que façam grande furor,
Estourando com rumor.

Quero calça de merinó
Que estique na gambia bela;
Quero meia pintadinha,
Quero gravata amarela
E que tenha atrás fivela.

Também quero ver colete
Com botões de diamantes,
E um grilhão de relógio
Com que os nossos elegantes
Amarram suas amantes.

Quero casaca curta
Como farda de soldado;
Quando se dança a *schottisch*
O corpo faz engraçado
Nos pulos do tal dançado.

Depois de feito este arranjo,
Meus senhores, irei ver,
E o que hei de dizer na sala
Irei reverente saber,
Para no jogo não perder.

De caminho pedirei
Para meu mano uma comenda;
Parece ser tempo azado,
Que agora não estão à venda,
Nem delas há encomenda.

Ele fez grande serviço
Nesta última eleição:
Meteu um chapéu de listas
Na urna da votação,
Que deu cheque à oposição.

Também o posto de alferes
Pra meu compadre pretendo.
Este pedido tem e usa; →

Com o dador não me entendo,
Que é jesuíta reverendo.

Mas eu hei de lhe dizer
Que ele soube triunfar
Pois vendo o partido oposto
Com intenções de votar,
Fez-lhe fogo de matar.

Meu cunhado há muito está
Em juiz municipal;
Quero dar-lhe um empurrão.
Quem levará isso a mal
No campo saquarema?

Também tenho um afilhado
Que passou o Tonelero,
Mas que ficou em segundo,
Devendo ser primeiro;
Porém Gois é justiceiro!!!

Um primo da minha sogra,
Que está na diplomacia
Quero ver se tem avanço:
Seja ministro algum dia
Inda que vá pra Turquia.

Tem dois netos no tesouro
Meu sogro, qual mais antigo:
Um sabe as quatro operações,
O outro tem lá o umbigo,
Mas do Torres é amigo.

Quero aumento para ambos,
Inda que se fira a lei.
Se o Viana não quiser,
Ao Torres recordarei
Que o meu voto lhe dei.

Nisto veio outro pretinho
O deputado chamar;
Estava o almoço na mesa,
Foi sua excelência almoçar,
Para depois ir laurear.

Também saiu o José,
Veio contar-me esta história,
Que por lhe achar seu sainete
Reteve-a eu na memória,
Por levar a pátria à glória.

E para a sua Pacotilha
Eu vou remeter-lha já.
Meu amigo Carijó,
Eis o qu'ora a musa dá;
Deixe-a fora se for má.

O Pratinas
16/5/1853

CANÇÃO CONCILIATÓRIA

Pelo Poeta Vassourense

I

Eia, sus, rapaziada!
Leve o diabo a tristeza;
Cara alegre, gâmbia[1] tesa,
E vamos à patuscada.
E pelados e peludos,
E chimangos e cascudos,
Cheguem todos à função,
Que temos conciliação.

ESTRIBILHO

Venham presuntos, chouriços
E vatapá.
Tralarirá. →

---

1. Perna.

Portos, Madeira ou Champagne,
Rapaz, dá cá.
Tralarirá.
Copos em punho, e virar
Gró-gró-tá-tá.
Tralarirá.
Aferventa, minha gente!
Tralarirá,
Tralarirá.
Viva a conciliação!!
Hip, hip, hurrah!
Hip, hip, hurrah!

II

Com afagos e carinhos
Uns aos outros abraçados,
E todos conciliados
Com beijocas e beijinhos,
E depois muita mamata...
Oh! que bela funçanata!
Eia, sus, rapaziada,
E vamos à patuscada.

Venham presuntos, etc.

III

Havendo conciliação,
Este Brasil tão querido
Será logo convertido
Em terra de promissão, →

Os Bugres civilizados,
Todos tão moralizados...
– Não é caso de hesitar
Vamos já conciliar.

Venham presuntos, etc.

IV

Senadores, deputados,
Deixarão de parolar;
Pão-de-ló? – Oh, nem cheirar!
Ministros serão honrados,
Teremos reta justiça,
Empregados sem preguiça:
– Ora, os próprios estadistas
Deixarão de ser chupistas!

Venham presuntos, etc.

V

E veremos, se veremos!...
– As eleições sem trapaça,
As graças vindo de graça
Sem que nós as procuremos;
Cruzamentos no Pará,
Indigestões no Ceará,
E nos loucos muito siso...
– Será mesmo um paraíso!

Venham presuntos, etc.

VI

Padres terão – boa vida!
Frades – nada de toutiço!
Atrás dos cães o chouriço
Hemos de ver em seguida.
Oh! renasce a idade d'ouro!
Será cristão todo o mouro;
E até os nossos barões
Hão de ficar sabichões!

Venham presuntos, etc.

VII

Eia, sus, rapaziada!
Empadinha, vatapá,
Quitutinhos de iaiá.
Nada falta à patuscada.
Toca a rir, toca a folgar,
A comer, bebericar;
– No fundo d'um garrafão
Há sempre conciliação,
Venham presuntos, chouriços
E vatapá.
Tralarirá.
Porto, Madeira ou Champagne,
Rapaz, dá cá.
Tralarirá.
Copos em punho, e virar.
Gró-gró-tá-tá,
Tralarirá.
Aferventa, minha gente! →

Tralarirá.
Tralarirá.
Viva a conciliação!!
Hip, hip, hurrah!
Hip, hip, hurrah!

5/6/1853

MODINHA ENGRAÇADA

Que rapagão tão bonito,
Engraçado e econômico,
É um ente muito amável,
Parece um elegante cômico
        Que vai estrear,
        E dirá coisinhas
        Para admirar.
Agora sim, meus senhores,
O *quidam* vai ser mais qu'rido;
Admirem a atenção
Com que ele é ouvido.
        Que pérolas diz
        Pela grande boca,
        E o monstro nariz.
Batam palmas, meus senhores,
(E um momento por favor)
Desfrutem o animalejo...
Que gênio!... oh! que orador!...
        Que talentão, →

Que momices faz
Com o seu carão
Não é só oratória,
É o belo acionado:
O nosso animalejo
Nunca será espichado.
Como está mimoso
O tal **orieungo**[1],
Como é dengoso,
Fica sendo para sempre
Um orador de arrombar;
E por isso feio tigre
Não há mais de carregar.
Que cabeçudo;
É apreciável,
Serve para tudo.

O Poeta Gamboense
12/6/1853

---

1. Assim no original. Não foi possível determinar o sentido dessa palavra.

O FRADE DA ESQUINA
AO SEU AMIGO CARIJÓ

CONFIDENCIAL

Carijó, meu bom amigo,
Eu vou contar-te uma história,
Pra que de certas façanhas
Eterna seja a memória.

Rogo que na Pacotilha
Me ponhas estes versinhos;
Mas caluda! Que se tuges
De mim dão cabo os vizinhos.

Ora bem, lá vai a história;
Fique pra sempre a memória.

Em uma certa *pedreira*
Um sargento, *vago* mestre
(Fizessem-no antes pedestre)
A quem o seu carantão →

Fez dar por nome *carão*
O seu furriel *Panaca*
E mais o cabo *Lingüiça*,
Dando largas à preguiça
Passavam dormindo os dias
E as noites a cortar jaca.
Carijó, quem tal diria?!...
Passando a vida folgada,
        Saborosa,
        Milagrosa,
Não vão à parada ou guarda,
Enquanto os outros, de farda,
Estão sempre de serviço!
Qual será o feitiço,
Que tão bem sabem viver?!...
Bem o quisera eu saber!
Perguntei-o à vizinhança,
Que diz que sempre em festança
        A comer
        A beber
        Mui contentes
        Os vê sempre,
Sem nunca cuidados ter;
        E bulhentos
        Trapalhentos,
        E arrotando,
        Praguejando
Já gozam na terra os céus.
Vivem da graça de Deus...
        Com tomates,
        Sem empates,
E... *de outras coisinhas mais*
Quer creiais, quer não creiais.

Mas isto, meu Carijó,
        É segredo
        Mui segredo,
Eu digo a você só.
Entretanto às moças...
(Não é bom pensar em tal.)
        Coitadinhas!...
Eu não digo por mal.

Faça ao menos que o Antônio
Os enfarde, pra que vão
Às guardas e à parada
Sem falar na procissão,
Que a essa vão eles bem;
Todos os tais lá se vêem.

3/7/53

MUDOU-SE DE FREGUESIA

GLOSA

Enquanto os meus favores
Tantos anos desfrutou,
Sempre formosa m'achou,
Tecia-me mil louvores:
Foi dos meus adoradores
A quem dei a primazia;
Mas, porque em certo dia
Fosse quase derrotado
Temendo o seu triste fado
Mudou-se da freguesia.

Vivendo dele ausente,
Inda o amo e o adoro,
Por ele constante choro,
Meu coração muito sente:
Perdi efetivamente
Sua amável companhia,
Meu prazer, minha alegria; →

E até me sinto morrer
Quando ouço alguém dizer:
"*Mudou-se de freguesia.*"

A Saudosa
8/7/1853

NOVO MEIO DE DEFESA

Um sujeito a toda pressa,
Por certa rua passando,
Um estudante encontrando,
Deu-lhe um empurrão
Que o atirou para dentro
Da loja duma modista,
E caiu sobre o balcão.

A dona da dita loja
Saiu à rua correndo,
Em altas vozes gritando:
"Agarrem esse tratante
"Que quebrou minhas vidraças,
"Meus caixilhos e armários,
"E pisou um estudante."

O pobre empurrado
Inda curtido de dores,
Seguiu os perseguidores
Do valente empurrador, →

E coxeando gritava:
"Segurem bem o patife
"Dos meus males o autor."

O empurrador resoluto,
No meio da rua parou,
E da lama qu'encontrou
Desenvolveu tal defesa
Contra seus perseguidores,
Que duras bolas de lodo
Lhes lançava com certeza.

7/8/1853

DIÁLOGO ENTRE DOIS POETAS A RESPEITO DE UM DÂNDI QUE PASSAVA A CAVALO

O admirador

Soneto

B. Este moço que quer? – S. Ser deputado.
B. Por que espera ele ser? – S. Porque cabala.
B. Ele sabe falar? – S. Oh lá se fala!
B. E que ofício tem ele? – S. Ele é formado.

B. Que lucra-se com isto? – S. O ordenado.
B. E chega-lhe? – S. Até regala.
B. Para que o paga a nação? – S. Para disputá-la.
B. Que rende isso afinal? – S. Ser magistrado.

B. Ele tem instrução? – S. Não vale um ovo.
B. Tem virtudes, tem honra? – S. Mas tem tretas.
B. Eu duvido que saia. – S. Pois é novo?
B. Que diabo! – S. Não fale: olhe a gazeta. →

B. E o povo o quererá? – S. Se o quer o povo!!
B. E o bem da pátria então? – S. Qual pátria? Peta.

7/8/1853

X.P.T.O

Que é isso, *neto de heróis*,
Como te deixas mangar
Por um sangrador de roça
Que a calva te quis mostrar?

Pois vives como gaudério
Beijocando o teu compadre,
Que mostra nesse desfrute
Que tem cabeça de madre?

Nobre filho dos *Lobatos*,
Ó patrício dos Mineiros,
Não te esqueças do brasão
De teus *parentes* porteiros.

Não te encalhes co'a plebe,
Deixa os Campistas ciganos, →

Promete indenizações
E põe-te depois a panos.

Campos, 2 de fevereiro de 1853.

Zé Manoel
7/8/1853

TEORIA TAVERNAL

Entrou para uma taverna
Um menino de caixeiro
Sem prática de taverneiro
Porém por muita viveza,
Demonstrando possuir
Uma própria natureza.

O patrão fica contente
Com a pérola qu'entrou,
E assim nela encarou
Logo e logo a conheceu;
E para ser bom caixeiro,
Estes conselhos lhe deu:

"Manuel, toma sentido
"Em tudo que eu vou dizer,
"Que é o que deves fazer
"Para seres bom caixeiro,
"Para te fazeres gente,
"Sabendo ganhar dinheiro.

"Sempre de calça e camisa
"Com as mangas regaçadas,
"Darás contínuas risadas
"Aos pretos que aqui entrarem,
"Com eles deves brincar
"Pra eles de ti gostarem.

"E mesmo quando aconteça
"Algum querer te tocar,
"Deixa-te enfim apanhar;
"Porque esta gente preta
"Com os seus belos cobrinhos
"Enchem a minha gazeta.

"E demais os tais pretinhos
"São os melhores fregueses,
"São os que freqüentes vezes
"Aqui se vêm entreter,
"Para fazer suas compras
"E suas *coisas* vender.

"Deves te deitar bem tarde;
"E ao toque do Aragão
"Não feches as portas, não,
"Encost'as à obreira somente,
"Porque depois de tal hora
"Faz-se negócio excelente.

"Deves levantar-te cedo,
"Muito antes da alvorada;
"É a hora mais azada
"(Que os senhores dormindo) →

"Os pretos vão buscar água,
"E aqui vêm convergindo.

"Uns vêm matar o seu bicho,
"Outros vêm negociar,
"E mais outras gentes vêm
"Fazer suas provisões,
"E *negociarem* também.

"Quando algum dos tais pretinhos
"*Te der dinheiro a guardar,*
"Recebe-o sem hesitar;
"Pois que pode acontecer
"Que seja lucro certo
"Se ele fugir ou morrer.

"Agora, quanto às balanças
"Aos pesos e às medidas
"São coisas já TÃO SABIDAS,
"Assim como são os fiados,
"Olhos vivos, mãos ligeiras
"Senão, *ficamos logrados.*

"Enfim eu aqui estou
"Para o mais te explicar;
"E, se a mim agradar
"A tua atividade,
"Conta com bom ordenado
"Que te darei com vontade."

"Eis aqui ou mais ou menos
"A teoria taverneira, →

"Do negócio é a primeira:
"*Que com ínfimos capitais*
"*Muitos têm adquirido*
"*Fortunas bem colossais.*"

O Poeta Gamboense
14/8/1853

CABALA ELEITORAL

Desta bela freguesia
Boas coisas vou contar
São no todo interessantes,
Muito devem agradar.

A maldita oligarquia
Para sua salvação
À custa de torpes meios
Quer vencer a eleição.

Uma trempe foi formada,
Composta de três sujeitos.
Que na eleição em setembro
Imortalizaram seus feitos.

Um é o inteligente cambeta,
É o outro o mestre sabeiro,
O pescador baiacu
Da tripeça o terceiro.

Na verdade causa riso
Ver estes três cabalistas
Carregando sobre os ombros
Sacos pejados de listas.

Parecem uns pobres cegos
De porta em porta batendo,
E com a cangalha nas costas,
É belo vê-los correndo.

Tomba aqui, cai acolá,
Com tal peso carregados;
Parecem bestas de carga,
Estão pagando pecados.

O barulho inteligente,
O mestre de beiço caído,
O baiacu todo inchado
Trazem tudo remexido.

Nos arranjos da cabala
Andam como estonteados
Ora rindo, ora chorando
São por todos desprezados.

A uns prometem favores,
A outros ameaçando,
Risonhos e cabisbaixos
Sua cruz vão carregando.

Ao empregado público
Amostram a demissão,
Aos guardas o destacamento,
A outros a compressão.

No arsenal de marinha
Foram já em comissão
Fizeram o alistamento,
E a tal distribuição.

Assim faz o *voto livre*
Essa tripeça infernal,
Constrangendo as consciências,
Postergando a sã moral.

E dizem muito ufanos:
Quem nos nossos não votar
Na cadeia do Aljube
Com certeza irá parar.

Mas, oh! que felicidade
Havia acontecer!
A tal trempe cabalista
Está quase a morrer.

Na subida da ladeira
Do morro da Conceição
Rolaram até embaixo,
Deram co'as ventas no chão.

O mestre ficou sem queixos,
Barbudo os braços quebrou,
Contudo o baiacu
O pescoço deslocou.

Os sacos se arrombaram,
As listas foram perdidas,
A trempe está lamentando
Suas partes ofendidas.

Este sucesso horrível
Mostra o fim da eleição
A trempe assim enferma
Não pode continuar, não

O Poeta Gamboense
31/10/1853

UMA CASA MAL ASSOMBRADA

Existe em certa rua
Uma casa infeliz
Que vai ser desocupada
Porque dizem os moradores
Qu'ela é mal assombrada.

Assim que se aproxima a noite
Dizem ver uma visão,
Tão medonha e pavorosa,
Que põe os tais moradores
Em situação lastimosa.

Ficam tomados de horror,
Saem pra o meio da rua
Fazendo tal alarido,
Que o povo que ali passa
Fica todo comovido.

Ver assim uma família
Composta dum velho e meninos →

Em sustos contínuos vivendo,
Se na verdade causa dó
Os males que estão sofrendo.

Compunge ver o velhinho
E os meninos gritando,
Pondo a rua em confusão;
É um quadro bem tocante
Que comove a compaixão.

Se é mal assombrada a casa,
Para que habitam nela?
Procurem outra morada,
Deixem em paz a vizinhança,
Que também vive assustada.

O Poeta Gamboense
27/12/1853

UM BATISMO DA ROÇA

Houve em certa freguesia
Um singular batizado
Que foi assaz concorrido,
Publicamente aplaudido,
Sendo muito festejado.
        Foi uma alegre festança
        Que os felizes convivas
        Conservarão na lembrança.

Assim que os convidados
Saíram da freguesia
E à casa se aproximaram,
Pelos ares estrondaram
Mil foguetes de alegria;
        E a tocar principiou
        Uma música de barbeiros
        Qu'à espera em casa ficou.

O pai da recém-nascida
Ficou tão eletrizado,
Que ora os foguetes botava,
Ora ria, ora cantava,
Completamente assanhado,
        Em altas vozes dizendo;
        – Venham todos desfrutar
        Este festim estupendo.

Na frente iam os padrinhos,
Após deles a afilhada,
Depois o pai e um irmão,
E depois uma multidão
De gente toda asseada.
        Uns iam de sobrecasaca,
        E outros de paletó,
        Com calça branca e brujaca.

A chusma a dois de funda,
Dando vivas de alegria,
Pela casa foi entrando,
Alegre saboreando
Da música a melodia.
        Que com o ruído [misturada]
        Dos vivas e fortes rojões.
        Sempre será suspirada.

Devorou-se a bela ceia,
Dançou-se o bom do fadinho,
A *tirana* e o *moquirão*;
Com gosto e perfeição
Tocou-se pandeiro e caquinho,
        E só no seguinte dia, →

Entre saudosos suspiros,
Teve fim a tal folia.

Um dos convidados
27/12/1853

Vou-me embora, vou-me embora
É mentira, não vou não;
Mesmo quando seja preso
Cá fica meu coração

5/2/1854

A reclamação reclamastes
Contra as queixas dos abusos
Nas escavações cometidas,
Suas súplicas suplicantes
Benignas foram atendidas;
Mas s'as queixas e os abusos
De janeiro em diante
Casca-moinha apanharem
Multadas serão em flagrante;
        Pois é a moinha
        Predileta minha
        Bravo à fiscalização
        São progressos da razão.

12/2/1854

JURAMENTO

Se as multas que tenho feito
(*contra o clamor geral*)
Não produzirem efeitos,
Deixarei de ser fiscal
Multados ou bem mal,
Espero a aprovação;
Mas se ela me falha
Peço a minha demissão;
E as moinhas maldizendo
Meu desgosto irei sofrendo
        Pois a bem delas
        Fiz acreditar
        Que longe do mar!
        Tinham habitação;
        E que a escavação
        Por mim inventada
        Só foi fundada
        Com a pura mente →

De fazer patente
Minha palhaçada.

O Notiquin
12/2/1854

UM CONFORTO

O que tens, botequineiro!...
Que foi que te aconteceu?...
Pois deveras o *luzeiro*
Tão depressa amorteceu?...
Será certo que o capim
Pôs em ermo o botequim?

Ora, qual... não pensas nisso,
Deixa de andar amuado:
Porventura teu feitiço
Não te fez apatacado?
Não foi o tenro capim
Que ilustrou o botequim?

Toma alento, meu rapaz
O barranco está passando;
A tua lembrança audaz
Tornou-te recomendado;
A plantação do capim
Foi profícua ao botequim.

Da nova rapaziada
Arranja melhor colheita;
Mas se ela ***escabreada***
Não mostra-se satisfeita
Arruma-lhe o bom capim
De **belho** botequim

Caminha no bom andar,
Não faças caso de nada;
E se o freguês respingar
Dá-lhe gostosa salada
Desse excelente capim
Que deu vida ao botequim

O Cassion
13/2/1854

LAMENTO

Um prédio mandei fazer
De colossal construção
(para minha habitação)
Segundo o risco que dei:
Não podendo estar presente
Um mordomo nomeei

Entreguei-lhe o necessário;
Toda a obra ele pagou:
A meu gosto terminou,
E quando a fui habitar
Disseram qu'algumas contas
Inda estarão por pagar.

Esta falsária notícia
De propósito inventada
Pôs minha alma torturada
Com uma dor incessante, →

Porque perdi para sempre
Meu mordomo, o meu brilhante.

O Poeta Cabeleira
6/3/1854

VITA ESTUDANTIS[1]

Carijó, benzinhus meus,
Perdoa meam franquezam,
Si non poesiae bonae
Ostento finam bellezam.

Quam tuam Pacotilham
Adhuc nihilo inhaurem,
Chamando me cabeçudum
Cynthius velit aurem[2].

Ecce Deos ipse venit
Estrutum meum inspirando,
Ridetque, quod ego adhuc
Orelham estou coçando.

Antoni, guarda agulham,
Deixate me fallare,
Si vitam estudantis
Queres me nunc narrare.

VIDA DE ESTUDANTE

Carijó, meu benzinho,
Perdoa minha franqueza,
Se de boa poesia não
Ostento fina beleza.

Quão tua Pacotilha
Ainda em nada para o ouvido[3]
Chamando-me de cabeçudo,
O Cíntio belisca a orelha

Eis que Deus em pessoa chega
Inspirando minha instrução
E ri, pois até agora
Estou coçando a orelha

Antônio, guarda a agulha,
Deixa-me falar,
Se a vida de estudante
Queres agora que eu narre.

---

1. Tradução de Ilunga Kabengelê. Deve-se levar em consideração que toda a "graça" da poesia, à semelhança do *Palito Métrico*, está exatamente no latim macarrônico; a tradução vai a mero título de curiosidade.

2. Verso de Virgílio, *Bucólicas*, VI, 3-4: "...*Cynthius aurem / velit...*": "O Cíntio" é epíteto do deus Apolo.

3. Verso ininteligível.

Tristis vita estudantis, Subjecta reprovatis, Obrigata obedecere Lentibus rite zangatis.	Triste vida de estudante Lançada aos reprovados, Obrigada a obedecer Aos lentes ride zangados
Alumnus, qui engraçatus Gaiatat barbis lentorum, Infinem anni arranjat Multitudinem batatorum.	Aluno, que é engraçado, Gaiata das barbas dos lentes Arranja para o fim do ano Um monte de batatas.
Et si praecepta mestris Alumnus non vult ouvire Ille, reprovatione, Caçoatas ha de sentire.	E os preceitos do mestre O aluno não quer ouvir Ele, pela reprovação, Caçoadas há de ouvir.
Silentium, inquit mestris, Magnum silentium fiat! Minine, ide enxotare Gatum qui in quarto miat.	Silêncio, diz o mestre, Que se faça grande silêncio, Ao menos ide enxotar O gato que no quarto mia.
Ora, id affligit moçum Et destinus, qui jam mutat! Quare baixe resmungando *Ita secum corde volutat.*	Ora, isso aflige o moço E o destino que já muda! Por isso resmungando baixo *Assim revolve consigo no* [*coração.*
"Me meninum pequeninum "Mater mea carregabat, "Si duces queriam comere "Cocadas mihi comprabat.	"Eu menino pequenino "Minha mãe me carregava "Se eu queria doces comer "Cocadas me comprava.
"Sed istum mutatum est, "Entrando primeiris lettris "Tum et experimentavi "Cascudos senhoris mestris.	"Mas isso mudou, "Entrando às primeiras letras "Então também experimentei "Cascudos do senhor mestre.
"Levavi orelhas burri "Simul et palmatoatas "Colegae saepe curarunt "Ventas meas esmurratas.	"Levava orelhas de burro "Ao mesmo tempo também [palmatoadas "Meus colegas amiúde [cuidaram "Das minhas ventas [esmurradas.

"Promptus primeiris lettris
"Academiaque entratus,
"Soffrivi iram lentorum
"Ac pancatas caloiratus.

"Preparado pelas primeiras
[letras
"E entrado na academia
"Sofri a ira dos lentes
"E calouro pancadas.

"Ille gatus qui miavit,
"Jam cum tiro mortus est,
"Jam vingança est peracta;
"*Sic ore locutus est.*"

"Aquele gato que miou,
"Já morreu com tiro,
"Já foi feita a vingança;
"Assim falou com a boca."

Interea anoitecet;
Tempus venit estudandi,
Tempus venit divertimenti,
Ecce tempus propagandi.

Entretanto anoitece;
Chega o tempo de estudar,
Chega o tempo de divertimento
Eis que chega o tempo de
[propagar.

Sed ille, qui pauper est,
Estudat suas leçones,
Quod nom habet moedam
Qua se comprant melones.

Mas ele, que é pobre,
Estuda suas lições
Pois não tem moeda
Com a qual se compram
[melões.

Velam de sebo comprat
Ad começandum estudum,
Castiçalis est garrafa
Quebrata circa canudum.

Compra uma vela de sebo
Para começar o estudo
O castiçal é uma garrafa
Quebrada em torno do canudo.

Tum volvitur rhetorica
Livrus authoriae Lucano
Verisque viri, qui dicit,
Arma virumque cano.

Então estuda retórica
O livro de autoria de Lucano
E do verdadeiro homem, que
[diz,
Arma virumque cano.

Sequitur nunc historia
Deinde philosophia,
Et problemae algebrae
Cum bella caligraphia.

Segue-se então a história
Depois a filosofia,
E os problemas de álgebra
Com bela caligrafia.

Repente vela acabata
Studum longum finalisat,
Juvenis deitat se camae
Ut cacholam tranquillisat.

De repente, acabada a vela,
Finaliza o longo estudo
O jovem deita-se na cama
Para tranqüilizar a cachola.

Nunc, ut <u>melius</u> narrem, Totas perturbationes, Ordeno ipse ut contet Suas proprias zangationes.	Agora, para narrar melhor Todas as perturbações Ordeno que ele mesmo conte Suas próprias zangações.
Phantasmae espantatae Procurant meos chinellos, Palmatas me arrumando, Puxant meos cabellos.	Fantasmas espantados Procuram meus chinelos Palmadas me arrumando Puxam meus cabelos.
Sed cubro cabeçam meam Vix potens espiare, Quum illas vejo começant Cabelli arripiare.	Mas cubro a minha cabeça Mal podendo espiar Quando os vejo começam Os cabelos a arrepiar.
Deinde ratus pessimus Per escadas terepando, Acordat me que dormiat, Insuper camam pulando.	Depois um rato péssimo Pelas escadas trepando, Acorda a mim que dormia Em cima da cama pulando.
Corujae quoque cantant; Auditor vox morcegorum, Lobishomis est in rua Movens iram cachorrum.	As corujas também cantam; Ouço a voz dos morcegos O lobisomem está na rua Movendo a ira dos cachorros.
Atrevidus tunc latro Facit bulham in telhadum, Sed ego sine timore Chamo illum malcriadum.	O ladrão então atrevido Faz bulha no telhado, Mas sem medo Chamo-o malcriado.
Iterum me cama deito Pensando posse dormire, Sed insecti aborreciti Ainda vão me afligire.	De mesmo modo deito-me na [cama Pensando poder dormir, Mas os insetos aborrecidos Ainda vão me afligir.
Mosquiti cum trombetis, Pulgae cum dente dellis, Percevegi cum fedore, Etiam cum mordidellis.	Os mosquitos com trombetas, As pulgas com seus dentes, Os percevejos com fedor, Até com mordidelas.
Tornant me itairatum Ut passo descomposturam, Illes insetis malvadis Qui pinicant creaturam.	Tornam-me irado Como passo descompostura Aqueles insetos malvados Que picam a criatura.

Post ex cama saltando, Bichos totos vou catare, Accendo alteram velam, Et sic illos vou matare.	Depois saltando da cama, Todos os bichos vou catar, Acendo a outra vela, E assim vou matá-los.
Stalant bichi sub dedis Et facent tole ruidum Qualis zarolhi gigantis Cum dat horridum gritum.	Estalam os bichos sob os dedos E fazem um tolo ruído Igual o do zarolho gigante Quando dá um horrível grito.
At dies amanhecet, Venit hora acordandi Contas sapateirorum Venit hora me pagandi.	Mas o dia amanhece Chega a hora de acordar As contas do sapateiro Chega a hora de pagar.
Mesata jam acabata, Algibeira est vazia, Charuteirus quer dinheirum; Tristis vita! má mania!	A mesada já acabou, A algibeira está vazia Ó charuteiro que o dinheiro Triste vida! má mania.
Caixeirusque botequini Obligat me pagare, Quod ciganus meirinhus Jam venit me quitare.	E o charuteiro do botequim Obriga-me a pagar, Pois o cigano meirinho Já vem me quitar.
Chapeum meum vendivi, Jam casacam empenhavi, Jam non dat mihi flores Menina quam namoravi.	O meu chapéu vendi, Já a casaca empenhei, Já não me dá flores A menina que namorei.
Sapateirus ensebatus Dicit me caloteirum; *Furiis incensus fero* Quod non habeo plus dinheirum.	O sapateiro ensebado Chamou-me caloteiro; E aceso de fúrias suporto, Porque não tenho mais [dinheiro.
Ad Caga-Sebum livreirum, Homine pequenino, Livris velhis datum est Pretium **multo** pequenino.	Para o livreiro Caga-Sebo, Homem pequenino, Os livros velhos deu A preço muito pequenino.
Sed mea aprovatio Dedit finem miseriae, In patria eu vou **videre**, Meus quindins, mea Quiteria.	Mas minha aprovação Deu fim à miséria, Na pátria eu vou ver Meus quindins, minha Quitéria

Pater meus, mui contentes
Cum mea aprovatione,
Contentat homines credores
Debita pagatione.

Mater mea, abraçando,
Testificat suum amorem,
Maninhi mei assanhati
Apelant me doctorem.

À família reunida
Conto res quibus passavi,
Conto divertimenta,
Et peças quas pregavi.

Carijó, ne fac casum,
Si in meum auxilium
Plurimum hic imitavi
Vatem Publium Virgilium.

Ecce resumus totus
Vitae estudantorum,
No mais potes disponere
Servi servorum tuorum.

Vale,

O Poeta da Gamboa.
26/9/1952

Meu pai, mui contente
Com a minha aprovação
Contenta os homens credores
Debita a pagação.

Minha mãe abraçando,
Testifica seu amor,
Meus maninhos assanhados
Me chamam doutor.

À família reunida
Conto as coisas pelas quais
[passei,
Conto os divertimentos,
E peças que preguei.

Carijó, não faz caso,
Se para o meu auxílio,
Muito aqui imitei
O vate Públio Virgílio.

Eis todo o resumo
Da vida dos estudantes
No mais podes dispor
Do servo dos teus servos.

Adeus,

O Poeta da Gamboa.
26/9/1952

DOCUMENTAÇÃO E ICONOGRAFIA

CORREIO MERCANTIL.

ANNO VIII. RIO DE JANEIRO. DOMINGO 16 E SEGUNDA FEIRA 17 DE FEVEREIRO DE 1851. N. 41.

CORREIO MERCANTIL.

Rio, 16 de fevereiro.

COMMUNICADO.

2ª PACOTILHA.

FOLHETIM DO CORR. MERCANTIL

de 17 de fevereiro de 1851.

OS MYSTERIOS DO POVO

POR

EUGENE SUE.

O CABO DO PUNHAL.

Karadeuk o Bagóde e Ronan o Vagre.

(De 529 a 615.)

Correio Mercantil, 17 de fevereiro de 1851. Primeiro número da *Pacotilha*.

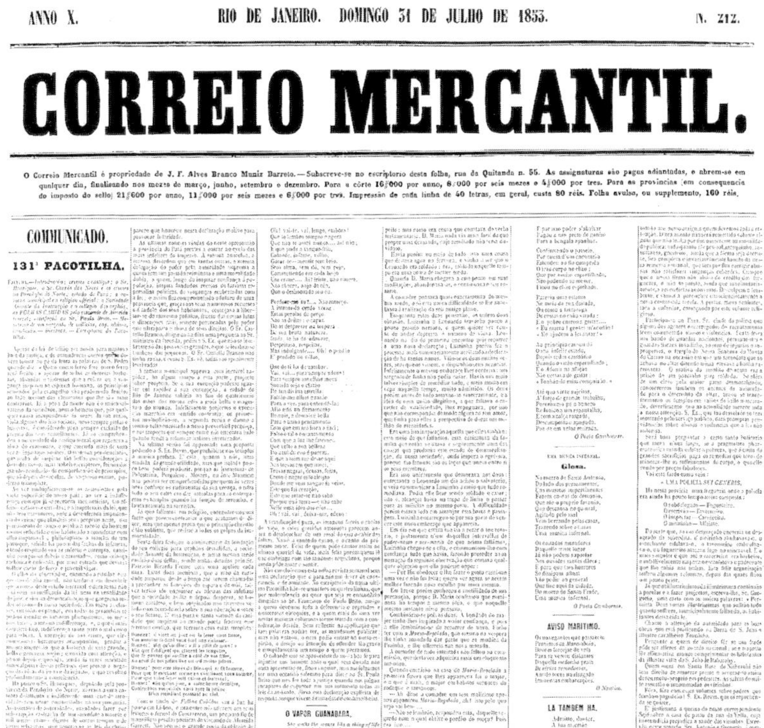

ANNO X. RIO DE JANEIRO. DOMINGO 31 DE JULHO DE 1853. N. 212.

CORREIO MERCANTIL.

O Correio Mercantil é propriedade de J. F. Alves Branco Muniz Barreto. — Subscreve-se no escriptorio desta folha, rua da Quitanda n. 55. As assignaturas são pagas adiantadas, e abrem-se em qualquer dia, finalisando nos mezes de março, junho, setembro e dezembro. Para a côrte 16$000 por anno, 8$000 por seis mezes e 4$000 por tres. Para as provincias (em consequencia do imposto do sello) 21$600 por anno, 11$000 por seis mezes e 6$000 por tres. Impressão de cada linha de 40 letras, em geral, custa 80 réis. Folha avulsa, ou supplemento, 160 réis.

COMMUNICADO.

131ª PACOTILHA.

O VAPOR GUANABARA.

MEMORIAS DE UM SARGENTO DE MILICIAS.

CAPITULO XLVIII.

DIVERSAS.

OS EFFEITOS DO ESPARTILHO.

Glosa.

AVISO MARITIMO.

LA TAMBEM HA.

ESCRIPTORIO DA PACOTILHA.

NOTICIAS E FACTOS DIVERSOS.

Correio Mercantil, 31 de julho de 1853.

ANNO XI. RIO DE JANEIRO. SEGUNDA-FEIRA 30 DE JANEIRO DE 1854. N. 30.

CORREIO MERCANTIL.

O *Correio Mercantil* é propriedade de J. F. Alves Branco Muniz Barreto.—Subscreve-se no escriptorio desta folha, rua da Quitanda n. 55. As assignaturas são pagas adiantadas, e abrem-se em qualquer dia, finalisando nos mezes de março, junho, setembro e dezembro. Para a côrte 16$ por anno, 8$ por seis mezes e 4$ por tres. Para as provincias (em consequencia do imposto do sello) 21$000 por anno, 11$ por seis mezes e 6$ por tres. Impressão de cada linha de 40 letras, em geral, custa 80 réis. Folha avulsa, ou supplemento, 160 réis.

PAÇO IMPERIAL.

COMMUNICADO.

157ª PACOTILHA.

DIVERSAS.

A minha confissão.

FOLHETIM DA PACOTILHA.

Memorias de um Caixeiro

POR

BRAZ FOGACHO.

Continuado da Pacotilha de 23 de janeiro.

CAPITULO XIV.

Correio Mercantil, 30 de janeiro de 1854.

CORREIO MERCANTIL.

Subscreve-se no escriptorio do Jornal, e nas agencias que forem annunciadas. As assignaturas são pagas adiantado, e só se abrem nos dias 1 e 16 de cada mez. O seu preço é: Para a côrte, 16$ por anno, 8$ por seis mezes e 4$ por tres. — Para as provincias, 18$ por anno, 9$ por seis mezes e 5$ por tres. Impressão de cada linha de 40 letras custa, em geral, 80 rs. Folha avulsa ordinaria ou supplemento — 160 rs. As publicações de interesse particular são pagas.

ANNO IX. RIO DE JANEIRO, QUARTA FEIRA 25 DE AGOSTO DE 1852. N. 237.

PARTE OFFICIAL.

MINISTERIO DO IMPERIO.

MINISTERIO DA JUSTIÇA.

MINISTERIO DA GUERRA.

TRIBUNAES.

SUPREMO TRIBUNAL DE JUSTIÇA.

SESSÃO EM 17 DE AGOSTO DE 1852.

RIO DE JANEIRO.

NOTICIAS E FACTOS DIVERSOS.

SENADO.

CAMARA DOS SRS. DEPUTADOS.

SESSÃO DE 21 DE JULHO DE 1852.

Correio Mercantil, 25 de agosto de 1859.

Foi de Francisco Otaviano de Almeida Rosa (1825-1889) a decisão de extinguir a *Pacotilha*. (A foto é do Arquivo Nacional – RJ.)

Manuel Antônio de Almeida (1831-1861) foi um dos redatores do *Correio Mercantil* e de sua *Pacotilha*. (A foto é da Biblioteca Nacional – RJ.)

Caricaturas de Rafael Mendes de Carvalho publicadas no órgão satírico *Lanterna Mágica*, de 1845.

LANTERNA
MAGICA
Che pagate che pagate
Date palme Con furor
Com furor com furor com furor

LANTERNA MAGICA

Chegou a idade
Da liberdade,
Em f'licidade
P'ra humanidade!
Tudo agiganta o progresso,
Viva Amor! Fora o regresso.

LANTERNA MAGICA

"Nada, nada de especuladores e garimpeiros, meus caros amigos, votem em homens independentes, em gente activa; como o Dr. Laverno que é cá dos meus. As aves de rapina são as q. sabem mais alto!" Diz um moralista brasileiro.

LANTERNA MAGICA
THEATRO DE S. PEDRO
NORMA
THESOURO
Laverno. Não te afflijas, meu querido Belchior: eu tenho sempre diante
dos olhos o teu merito, os teus serviços: não desesperes: vejamos o q. pode
convir-te. Porventura na parte secreta da administração publica...
Belchior. Oq.! Espião de policia! Se fosse bem pago, a occupação na verdade não me quadrava mal. Ha de ser divertido o andar sabendo todas as miserias da vida alheia, e ter uma pessôa a quem
tudo se vá contar depois, ja se sabe, com o nessessa
rio augmento, ou diminuição de circunstancias
conforme o caso exigir: mas o empre-
go tem suas durezas, seus perigos:
nada: nada: não quero ficar a
isso para maior de upadas

A
LANTERNA
MAGICA

Laverno e Belchior projectando.

Laverno: O nome é sempre o mesmo paléta, a terminação faz a nacionalidade; serei Frances, sendo Lavernu; Russo, Lavernoff; Ingles, Lavernçem, Italiano, Laverninì, ou Lavernelli; Polaco, Lavernock; Alemaõ, von Lavernitz; Holandes, Van Lavernisck; Egypcio, Lavernud-Bei; Hespanhol, D. Laverno d'Alfarrache; e assim por diante; porem não me interrompas mais.

Belchior: Percebo meu amor; tu es um homem adimiravel!!

LANTERNA MAGICA

Laverne. Como uma natureza cheia de vigor, uma construcção que promettia quasi uma eternidade foi esgolada, vela furia sangrenta da allopathia! toda lancetada, meu rico Snr., cada bicha que lhe applicarão forão raptoras de um anno de existencia, de veneravel e util existencia de um honesto proprietario, de um nobre capitalista, que bate as portas da eternidade, que está no ultimo periodo da existencia, q. ousa sahir, sem fazer testamento, estando por horas a espirar.

Doente. A espirar; Snr. a espirar eu, ..ai..ai..eu so sinto esta grande fraquesa nas pernas..ai.. ai.

Laverne. Não se assuste que aqui não entra a morte.

LANTERNA MAGICA

Laver: Digo-te que o charuto tem a propriedade de igualar as condiçoens; não vês Pai Mané e Monjolo gozando por momentos do foro de Cavalleiro. Viva o seculo fumante.

Impressão e acabamento
Cromosete
GRÁFICA E EDITORA LTDA.
Rua Uhland, 307 - Vila Ema
Cep: 03283-000 - São Paulo - SP
Tel/Fax: 011 6104-1176